좁은 문

**세계문학산책 36**
**좁은 문**

지은이 앙드레 지드
옮긴이 붉은 여우
펴낸이 안용백
펴낸곳 (주)넥서스

초판 1쇄 인쇄 2013년 5월 15일
초판 1쇄 발행 2013년 6월 1일

출판신고 1992년 4월 3일 제311-2002-2호
121-840 서울시 마포구 서교동 394-2
Tel (02)330-5500 Fax (02)330-5555

ISBN 978-89-6790-154-7 04800

www.nexusbook.com
지식의 숲은 (주)넥서스의 인문교양 브랜드입니다.

세계문학산책 36

앙드레 지드

# 좁은 문

붉은 여우 옮김  김욱동 해설

지식의숲

# 1

만일 다른 사람의 이야기였다면 내가 하려는 이 이야기를 한 권의 책으로 엮을 수도 있었을 것이다. 그러나 지금 내가 털어놓으려는 이 이야기는 내가 온몸을 던져 체험했고, 그러한 만큼 내 기력을 모두 소진해 버렸던 이야기이다. 그래서 나는 조금도 꾸밈없이 나의 추억을 적어 나가려 한다.

설사 추억의 곳곳이 조각나 있다 할지라도 그것을 깁거나 잇기 위해서 새로 이야기를 꾸며 대는, 그런 짓은 결코 하지 않을 것이다. 추억을 손질하려고 하는 노력은, 그것을 이야기하면서 찾을 수 있는 마지막 즐거움마저 깨뜨려 버릴 것이기 때문이다.

아버지를 여의었을 때, 나는 열두 살도 채 뇌지 않은 나이였다. 아버지가 의사로 있었던 르아브르에 더 머무를 필요가 없게 되어, 어머니는 내 학업에도 도움이 되리라 생각하고 파리에 가서 살기로 결정했다. 어머니는 뤽상부르 공원 근처에 있는 조그마한 아파트를 세냈고, 미스 애슈부르통이 이곳에 와서 우리와 함께 살게 되었다.

당시 가족이라고는 아무도 없던 미스 플로라 애슈부르통은 처음에는 어머니의 가정 교사였지만, 곧 어머니의 말벗이 되고 오래지 않아 친구가 된 분이다. 한결같이 온화하고 슬픈 표정을 지닌, 지금도 상복 차림을 한 것으로밖에는 기억되지 않는 이 두 여인네 곁에서 나는 자라 왔다.

아마 아버지가 돌아가시고 시간이 꽤 흐른 뒤의 일이라 생각하는데, 어느 날 아침 어머니는 늘 당신의 모자에 달고 있던 검정 리본을 주홍빛 리본으로 바꿔 달았다. 그래서 나는 큰 소리로 외쳤다.

"엄마! 그 빛깔은 정말 엄마한테 어울리지 않아요!"

그다음 날 어머니는 도로 검정 리본을 달고 있었다.

나는 몹시 허약한 체질이었다. 나를 피곤하지 않게 하려는 어머니와 미스 애슈부르통의 극진한 보살핌에도 내가 게으름뱅이가 되지 않은 것은, 내가 공부하는 데 정말로 재미를 붙였기 때문이다.

초여름의 맑은 날씨로 접어들자, 두 분은 내가 도시를 떠날 시기가 되었다고 생각했다. 도시에 있으면 내가 점점 더 허약진다고 생각했기 때문이다.

그래서 우리는 해마다 여름이 시작되는 6월 중순경이면 뷔콜렝 외삼촌이 불러 주는, 르아브르 부근에 있는 퐁그즈마르로 출발했다.

별로 크지도 아름답지도 않은, ─ 노르망디 지방의 다른 정원들에 비해 두드러진 점이라고는 아무것도 없는 ─ 그런 정원 안에 있는 하얀 3층 집인 뷔콜렝 저택은 18세기 대부분의 별장과 거의 흡사했다.

동쪽에는 약 20개 남짓한 큼직한 창들이 정원을 향해 나 있었고, 뒤쪽으로도 그 정도의 창들이 있었다. 양쪽 옆에는 창이 하나도 없었다. 창에는 조그마한 유리가 끼워져 있었는데, 그중 몇 장은 갈아 끼운 지 얼마 되지 않아서 이끼색을 띤 흐릿한 유리창들 사이에서 유난히도 말개 보였다.

어떤 창에는 집안사람들이 '거품'이라 부르는 흠이 있었는데, 그것을 통해서 보면 나무들은 비틀거리고 그 앞을 지나가는 우편배달부에게는 난데없이 혹이 생기기도 했다.

장방형의 정원은 담으로 둘러싸여 있었다. 집 안쪽 정원에는 꽤 널따라면서 그늘이 지는 잔디밭이 있었고, 모래와 지갈이 깐린 좁은 길이 잔디밭 둘레를 띠처럼 에워싸고 있었다. 이쪽은 정원을 둘러싸고 있는 담이 낮아서, 이 지방 특유의 너도밤나무 길로 경계가 지어진 농가의 안마당을 들여다볼 수 있었다.

집의 뒤쪽인 서쪽에는 정원이 휜히 트여 있었다. 꽃이 한창인 오솔길은 남쪽 나무 울타리 앞쯤에서 무성한 포르투갈산 계수나무 장막과 나무 몇 그루에 가려져 바닷바람을 피하고 있었다.

또 하나 있는 오솔길은 북쪽 담을 따라가다가 나뭇가지 사이로 사라져 갔다. 외사촌 누이들은 이 오솔길을 '어두운 길'이라고 불렀는데, 저녁놀이 스러진 뒤에는 좀처럼 그 길로 들어서려고 하지 않았다. 이 뒷길은 채소밭으로 통했으며 채소밭은 층계를 몇 발짝 내려선 낮은 곳에서 정원으로 이어졌다.

그리고 이 채소밭 맨 끝, 조그만 비밀 문이 나 있는 담 건너편에 벌채림(伐採林)이 있었고, 너도밤나무 오솔길이 좌우 양쪽으로 뻗어 그곳에 다다랐다. 서쪽 현관 층계에서는 이 숲 너머로 고원이 보였고, 그 위를 뒤덮은 농장의 수확물도 바라다보였다.

지평선 쪽으로는 그리 멀지 않은 곳에 자그마한 마을 교회가 있었고, 저녁 무렵 바람이 잔잔할 때면 몇몇 집에서 피어오르는 연기가 보였다.

여름철 아름다운 석양 녘이면, 우리는 식사를 마치고 아래 정원으로 내려가곤 했다. 그 조그만 비밀 문을 나서서 인근이 잘

내다보이는 한길가 벤치까지 얼마간 가곤 했다. 거기 폐광이 된 이회암(泥灰岩) 채굴터의 이엉으로 엮은 지붕 근처에 있는 그 벤치에, 외삼촌과 어머니 그리고 미스 애슈부르통이 걸터앉곤 했다.

우리 앞에 있는 작은 계곡에서는 짙은 안개가 피어올랐고, 하늘은 저 너머 숲 위에서 금빛으로 물들어 갔다. 그러면 우리는 이미 어두워진 정원 깊숙한 데서 늦게까지, 어른들이 올라오는 발자국 소리가 들릴 때까지도 책을 읽곤 했다.

정원에서 지내는 시간 외에는 외삼촌의 서재에 책상을 들여다 놓고 꾸민 글방에서 거의 온종일을 보냈다. 외사촌 동생 로베르와 나는 나란히 앉아 공부를 했고, 우리 등 뒤에서는 쥘리에트와 알리사가 공부를 했다.

알리사는 나보다 두 살 위고, 쥘리에트는 한 살 아래인데, 넷 중에선 로베르가 가장 어렸다.

여기서 내가 써 나가려는 것은 맨 처음으로 떠오르는 추억이 아니라, 이 이야기와 연관되어 있는 부분일 뿐이다.

이 이야기가 시작되는 때는, 사실상 아버지가 돌아가신 그해부터라고 말할 수 있을 것이다.

아마도 집안의 불행과 내 슬픔 탓이 아니라면, 적어도 어머니가 슬퍼하는 모습을 보면서 많은 자극을 받아 새로운 감정이 유발되었기 때문인지 나는 감수성이 풍부하고 상당히 조숙한 편이었다.

그래서 그해 우리가 다시 퐁그즈마르에 갔을 때, 내 눈에 쥘리에트와 로베르는 그만큼 더 어려 보였다. 그러나 알리사를 보는 순간, 나는 우리 둘은 이제 아이가 아니라고 느꼈다.

그렇다. 시작은 역시 아버지가 돌아가신 해였다. 우리가 도착한 직후에, 미스 애슈부르통과 어머니가 주고받던 몇 마디 대화가 내 기억을 확인해 준다.

나는 어머니와 애슈부르통이 이야기하고 있던 방 안으로 불쑥 들어갔다. 두 분은 외숙모에 관해서 이야기하고 있었는데, 어머니는 외숙모가 상복을 입지 않았다든가 아니면 벌써 상복을 벗어 버렸다든가 하는 일로 역정을 내고 있었다. 사실 나에게는 상복을 입은 뷔콜렝 외숙모를 상상하기란 화려한 옷을 입은 어머니를 상상해 내는 것만큼이나 어려운 일이었다.

우리가 도착하던 그날, 내 기억으로는 뤼실 뷔콜렝이 모슬린 옷을 입고 있었다. 언제나 그렇듯이 타협적인 미스 애슈부르통은 어머니 마음을 가라앉히려 애쓰면서 조심스레 말했다.

"아무튼 흰옷은 상복 차림이지 않아요?"

"그럼, 그 사람 어깨에 걸친 빨간 숄도 상복 차림이라고 할 수 있단 말이에요, 플로라? 내 화를 그만 좀 돋우세요……."

어머니가 애꿎은 애슈부르통에게 소리를 질렀다.

나는 여름방학 때만 외숙모를 만났기에, 속살을 많이 드러낸 외숙모의 윗옷 차림이 내 눈에 익숙한 것은 틀림없이 여름철 더위 탓이었을 것이다.

사실 외숙모가 드러낸 어깨 위에 걸치던 숄의 타는 듯한 빛깔보다도 더 어머니 눈에 거슬린 것은 목을 깊게 판 윗옷이었다.

뤼실 뷔콜랭은 무척 예뻤다. 내가 지금도 간직하고 있는 외숙모의 조그마한 초상은 그 무렵의 외숙모 모습을 보여 준다.

외숙모는 종종 당신 딸들의 큰언니로 잘못 보일 만큼 앳되어 보이는 얼굴을 왼손으로 갸우뚱 괸 다음 새끼손가락을 맵시 있게 입술 쪽으로 구부리곤 했으며, 굵직한 올로 성기게 짠 머리망으로 목덜미 위로 반쯤 흩어져 내린 곱슬곱슬한 머리채를 흘러내리지 않게 감싸고 있었다. 또한 윗옷이 깊게 파인 가슴께엔 검정 우단으로 만든 느슨한 목걸이가 걸려 있었는데, 그 목걸이엔 이탈리아 식 모자이크 메달이 달려 있었다.

큼직한 매듭이 흔들거리는 검정 우단으로 만든 띠, 의자 등받이에 끈으로 매달아 늘어뜨린 차양이 넓고 우아한 밀짚모자, 이 모든 것이 외숙모를 한결 앳되게 보이게 해 줬다.

그녀는 오른손을 아래로 내려뜨린 채 접힌 책을 한 권 들고 있었다.

뤼실 뷔콜렝은 식민지 태생이었다. 양친이 누군지도 모른다는 사람도 있었고, 아주 어려서 부모를 여의었다고 말하는 사람도 있었다.

나중에 어머니가 내게 들려준 이야기로는, 내버려졌거나 고아였던 그녀를 마침 아이가 없던 보티에 목사님 부부가 입양했다고 했다. 그런데 그들이 마르티니크를 떠나게 되자, 그 무렵 뷔콜렝가가 살고 있던 르아브르로 그녀를 데려왔다는 것이다.

보티에가와 뷔콜렝가는 집안끼리 서로 가까웠다고 한다. 외삼촌은 그 당시 외국에 있는 은행에서 근무하고 있었는데, 앳된 뤼실을 만나게 된 것은 그때부터 3년째 되던 해 가족 곁으로 돌아왔을 때였다.

외삼촌은 뤼실을 만나자마자 사랑에 빠져 구혼했는데, 그 바람에 양친과 나의 어머니는 어지간히 속이 썩은 모양이었다. 뤼실은 그때 16세였고, 그동안 보티에 부인은 어린애를 둘이나 낳아 기르고 있었다.

보티에 부인은 날이 갈수록 괴팍하게 변해 가는 수양딸의 성격이 애들에게도 영향을 미칠까 봐 두려워하기 시작했다. 게다가 살림도 가난했고…….

이런 것들이 모두 보티에가가 외삼촌의 청혼을 기꺼이 받아들이게 된 연유라고 어머니가 내게 이야기해 주었다.

덧붙여서, 성숙한 뤼실이 보티에 목사님 부부를 난감하게 했을 것임을 짐작할 수 있다. 르아브르 지방의 분위기를 잘 아는 나로서는, 그렇게 매혹적인 처녀를 남들이 어떻게 대했을지 쉽사리 유추할 수 있는 일이니까 말이다.

나중에야 알게 된 분이지만, 보티에 목사님은 온유하고 사려 깊고 그러면서도 순박해서, 책략이나 모략에 관해서는 아무런 대책도 없는, 악 앞에서는 극히 무력한 분이었다. 이 어진 호인에게는 그 상황이 진퇴유곡이었을 것이다.

보티에 부인에 관해서는 아무것도 말할 것이 없다. 부인은 넷째 아이, 나와 거의 동년배로 나중에 내 친구가 된 아들을 낳은 뒤 돌아가셨기 때문이다.

뤼실 뷔콜렝은 우리 생활에 거의 관여하지 않았다.

점심때가 지난 다음이 아니면 방에서 내려오지도 않았다. 내려와서도 안락의자나 해먹에 길게 누워서 저녁 무렵까지 있다가 나른한 듯이 일어나곤 했다.

그녀는 이따금 윤기라곤 전혀 없는 이마에다, 마치 땀이라도 훔치려는 듯이 손수건을 갖다 대곤 했다. 이 손수건의 화사함과, 꽃향기라기보다는 산뜻한 과일 냄새 같은 향기가 나에게는 그저 신기할 뿐이었다.

가끔 그녀는 허리띠에서, 여러 가지 노리개와 함께 시곗줄에 매달려 있는 은 뚜껑이 달린 조그마한 거울을 꺼내곤 했다. 얼굴을 비춰 보면서 한 손가락을 입술에 갖다 대고 침을 조금 묻혀서는 눈꼬리를 축이곤 했다.

그녀는 자주 책을 들고 있었지만 거의 언제나 접힌 채였고, 책갈피에는 거북 등딱지로 만든 서산(書算)이 끼워져 있었다. 누가 곁으로 다가가도, 몽상에 잠긴 눈길을 들거나 돌리는 일은 거의 없었다. 그리고 번번이 힘이 풀리고 나른해진 손에서 그리고 소파의 팔걸이나 치마폭 주름 사이에서 손수건이나 책 또는 꽃이나 서산이 떨어지곤 했다.

나는 어느 날 그렇게 해서 떨어진 책을 주워 본 일이 있는데 — 이런 건 어린 시절의 추억이겠지만 — 그 책이 시집인 것을 보고 얼굴을 붉혔다.

저녁 식사가 끝난 뒤에도 뤼실 뷔콜렝은 우리가 앉아 있는 가족 탁자 가까이로 오지 않고, 피아노 앞에 앉아 쇼팽의 느린 마주르카를 치곤 했다. 때때로 그녀는 박자를 무시하고 어느 한 가지 화음만을 꼭 누른 채 꼼짝도 하지 않고 앉아 있기도 했다.

나는 외숙모 곁에서 야릇한 거북스러움, 일종의 탄미와 두려움이 뒤섞인 혼란스런 감정을 느끼기 일쑤였다. 아마도 알 수 없는 본능적인 어떤 것이 외숙모를 경계하게 했는지도 몰랐다.

게다가 나는 외숙모가 플로라 애슈부르통과 어머니를 경멸

한다는 것을 알았다. 반면, 미스 애슈부르통은 그녀를 두려워했고, 어머니는 어머니대로 그녀를 좋아하지 않았음도 간파할 수 있었다.

'뤼실 뷔콜렝, 나는 더는 당신에게 원망을 품고 싶지 않습니다. 또한 당신이 얼마나 크나큰 잘못을 저질렀는가 하는 것도 잠시 잊고 싶은 마음입니다……. 적어도 나는 노여움 없이 당신에 관한 이야기를 해 보렵니다.'

그해 여름 어느 날 — 어쩌면 그 이듬해였을지도 모른다. 늘 배경이 같아서 나는 가끔 헷갈린다 — 책을 하나 찾으려고 응접실에 들어갔는데, 그녀가 거기에 있었다. 나는 곧 돌아서 나오려고 했다.

그런데 여느 때는 나를 거들떠보지도 않던 그녀가 나를 불렀다.

"왜 그리 잽싸게 도망치려고만 하니, 제롬! 내가 무서워?"

가슴이 마구 뛰는 것을 느끼며 나는 그녀 곁으로 가까이 갔다. 잔뜩 기를 써서 미소를 지어 보이며 손을 그녀에게 내밀었다. 외숙모는 한 손으로는 내 손을 쥐고, 다른 손으로는 내 볼을 어루만졌다.

"어쩜, 네 어머니는 옷을 이리 흉하게 입힌담, 가엾어라……."

그때 나는 깃이 넓은 세일러복 같은 것을 입고 있었다. 그녀는 내 옷의 깃을 쓰다듬었다. 그러고는 내 옷의 단추 하나를 풀면서 말했다.

"세일러복은 깃을 이렇게 젖혀 입는 거란다. 자! 보렴. 이렇게 하는 게 훨씬 낫지 않니?"

그러고는 그 조그만 거울을 꺼내면서 당신의 얼굴에다 내 얼굴을 끌어당기더니 맨살이 드러난 팔로 내 목을 감았다. 그러다가 잠시 뒤 반쯤 풀어 젖혀진 내 옷 속으로 손을 밀어 넣으며, 웃는 얼굴로 간지럽지 않느냐고 물었다. 그러고는 자꾸만 손을 아래로 밀어 넣었다.

내가 갑자기 몸을 빼내려고 하는 바람에 세일러복이 조금 찢어졌고, 나는 그만 얼굴이 홍당무처럼 되고 말았다.

"어머나! 이런 바보 좀 봐."

외숙모가 외치는 사이에 나는 몸을 빼어 달아났다. 그러고는 정원 구석까지 곧장 뛰어갔다. 채소밭에 있던 조그마한 빗물 통에 손수건을 넣고 물을 축여서 이마며 볼이며 목 할 것 없이 그녀의 손길이 닿았던 모든 곳을 닦고 문질렀다.

때때로 뤼실 뷔콜렝은 '발작'이라는 것을 일으키곤 했다. 발작은 그녀를 불시에 사로잡아서 온 집안을 뒤집어 놓곤 했다. 미스 애슈부르통이 잽싸게 아이들을 따로 불러내어 보살폈지만, 침실이나 응접실에서 터져 나오는 그 무서운 외침을 막을 수는 없었다.

거의 미친 사람처럼 된 외삼촌이 수건이나 오드콜로뉴나 에테르 등을 찾느라고 복도를 뛰어다니는 소리도 들렸다.

그리고 그런 날이면 식탁에서 외숙모의 모습을 볼 수 없었고, 근심에 잠긴 외삼촌의 얼굴은 더욱 늙고 초췌해 보였다.

발작이 거의 진정되면 뤼실 뷔콜랭은 아이들을 곁으로 불렀다. 로베르와 쥘리에트를 말이다. 그러나 유독 알리사만은 한 번도 부른 적이 없었다. 그런 날이면 알리사는 노상 제 방에 틀어박혀 있었고, 가끔 그녀의 아버지만이 그녀를 보러 가곤 했다. 외삼촌은 알리사와 곧잘 이야기를 하는 편이었다.

외숙모의 발작은 하인들에게 큰 충격을 주곤 했다. 어느 날 저녁, 외숙모의 발작이 유난히 심해지자, 하인에게 응접실에서 일어나는 소리가 잘 들리지 않는 어머니의 방에 들어가 꼼짝하지 말고 있으라는 말을 전해 듣고, 어머니와 내가 방에 들어앉아 있을 때였다.

주방의 하녀가 고함을 지르며 달려가는 소리가 들려왔다.

"주인님, 얼른 내려오셔야 해요. 마님이 지금 돌아가세요!"

그때 외삼촌은 알리사의 방에 올라가 있었다. 어머니가 외삼촌을 부르러 갔다. 한 15분쯤 지나서, 내가 있던 방의 열린 창 앞을 두 분이서 지나갈 적에 어머니가 하는 말이 내게도 들렸다.

"내가 똑바로 말해 줄까? 이건 다 연극이야."

그러고는 음절을 똑똑 떼면서 몇 번씩이나 "연극이야!" 하고 말했다.

이것은 방학이 끝날 무렵의 일로, 나의 아버지가 돌아가신 지 2년이 지난 때였다. 이 일 이후론 오랫동안 외숙모를 다시 만나지 않게 되었다.

우리 집안을 뒤흔들어 놓은 그 슬픈 사건을 이야기하기 전에, 또 그 사건의 결말에 조금 앞서서, 그때까지 내가 뤼실 뷔콜랭에게 느끼던 복잡하고도 막연한 감정을 그만 뚜렷한 증오심으로 바꾸어 놓은 자그마한 일을 이야기하기 전에, 우선 나의 외사촌 누이에 관한 이야기를 해야 할 것 같다.

나는 그때까지 알리사 뷔콜랭이 얼마나 아름다운지를 전혀 깨닫지 못하고 있었다. 내가 그녀에게 이끌리고 그녀 가까이 머무르게 된 것은 단순한 아름다움 때문이 아니라 그녀의 좀 색다른 매력 때문이었다.

물론 그녀는 자기 어머니를 무척 닮았다. 그러나 그 눈매가 자기 어머니와는 너무나 달랐기 때문에 나는 그 두 사람이 닮았다는 것을 훨씬 뒤에야 깨달았다.

나는 지금 그녀의 얼굴 모습을 아무래도 그릴 수가 없다. 얼굴 생김새와 눈빛을 도저히 내 솜씨로 표현할 수가 없기 때문이다.

지금 나에게 생각나는 것은 그때부터 벌써 슬픔이 깃들어 있는 듯한 미소와 커다란 호선(弧線)을 그리며 시원하게 올라붙은 눈썹의 선(線)뿐이다.

나는 그런 눈썹을 그 어디에서도 본 적이 없다. 그저 단테 시대에 플로렌스에서 새겨졌다는 조그마한 조각상에서 본 것 말고는. 그래서 나는 어린 시절에는 베아트리체의 눈썹도 아주 널따랗게 호선을 그린 눈썹이었으리라고 상상하곤 했다.

그런 눈썹은 그녀의 눈길에, 그리고 그녀의 온몸에 근심스러운 듯하면서도 미더운 질문의 표정 — 그렇다, 열정적인 질문의 표정 — 을 만들어 주었다.

그녀에게는 모든 것이 다 물음이었고 기다림이었다.

나는 이런 물음이 어떻게 나를 사로잡았으며 내 인생을 어떻게 결정지었는가를, 당신네들에게 이야기하려고 한다.

어쩌면 보는 눈에 따라서는 쥘리에트 쪽이 더 예뻐 보였을 수도 있다. 그녀는 온몸이 즐거움과 건강함으로 빛이 났다. 그러나 그녀의 아름다움은 언니의 우아함과 비교했을 때 외형적인 것이었고 누구에게서나 단번에 드러나는 그러한 것이었다.

외사촌 동생 로베르로 말하면, 별다른 점이라곤 조금도 없는, 성격이 평범한 그저 내 나이 또래의 사내애였다고 말할 수밖에 없다.

나는 쥘리에트나 그와는 그저 어울려서 뛰놀았지만 알리사
와는 늘 이야기를 했다. 알리사는 우리 장난에 결코 끼지 않았
다. 과거를 아무리 거슬러 올라가 보아도, 내 눈앞에 그려지는
알리사의 모습은 언제나 단정하고, 부드럽게 미소를 머금은, 생
각에 잠긴 모습일 뿐이다.

우리가 무엇을 이야기했던가. 아이들 둘이서 무엇을 이야기
할 수 있었겠는가. 이제 그것에 관해 이야기하겠지만, 그보다도
먼저 다시는 외숙모 이야기를 꺼내지 않도록 외숙모에 관한 이
야기를 마무리해야겠다.

아버지가 돌아가시고 두 해가 지났을 때 어머니와 나는 르아
브르로 부활절 휴가를 지내러 갔다. 시내에서 비좁게 사는 외삼
촌 댁엔 머무르지 않기로 하고, 한결 집이 넓은 어머니의 언니
인 이모 댁에서 지내게 되었다.

내가 좀처럼 만나 보지 못했던 플랑티에 이모는 오래전에 혼
자된 분이었다. 나보다 훨씬 손위에다 성격도 아주 다른 이모의
자녀들과 나는 겨우 얼굴이나 아는 정도였다.

르아브르에서 '플랑티에 댁'이라고 부르는 이모 집은 시내에
있지 않고 사람들이 '산마루턱'이라고 말하는, 시내가 내려다보
이는 언덕배기의 중턱쯤에 있었다.

뷔콜랭 외삼촌 댁은 상가 근처에 있었는데, 나는 가파른 언덕

길을 이용해서 두 집 사이를 아주 순식간에 왕래할 수 있었다. 나는 하루에도 몇 번씩이나 이 길을 굴러 내려갔다가는 다시 기어오르곤 했다.

그날 나는 외삼촌 댁에서 점심을 먹었다. 식사가 끝난 지 얼마 되지 않아서 외삼촌은 외출을 했다. 나는 외삼촌 사무실까지 따라갔다가 어머니를 찾으러 플랑티에 이모 댁으로 올라갔다. 가 보니 어머니는 이모와 함께 나들이를 갔는데, 저녁때쯤에나 돌아올 거라고 했다. 나는 곧장 시내로 다시 내려갔다. 거리를 내 멋대로 쏘다닐 기회란 좀처럼 드물었기 때문이다.

나는 부두로 나갔다. 부두는 바다의 안개 때문에 침침하고 구슬프게 보였다. 나는 한두 시간쯤 선창가를 서성거렸다. 불현듯 알리사를 찾아가서 놀라게 해 주고 싶다는 욕망이 나를 사로잡았다. 조금 전에 헤어졌으면서도…….

나는 시내를 달음질쳐 지나가 뷔콜렝 외삼촌 댁의 벨을 눌렀다.

내가 층계 어귀로 달려갈 때였다. 문을 열어 준 하녀가 나를 가로막았다.

"올라가지 마세요, 제롬 도련님! 올라가지 마시래도요! 마님께서 발작이 나신걸요."

그러나 나는 하녀를 뿌리치고 올라갔다. 내가 만나러 온 것은 외숙모가 아니니까……. 알리사 방은 4층에 있었다. 2층에 응접실과 식당이 있었고, 3층에 외숙모 방이 있었는데 거기서 말소리가 새어 나오고 있었다.

방문이 활짝 열려 있었는데, 나는 그 앞을 지나가야 했다. 방에서 흘러나온 한 줄기 불빛이 복도를 비추고 있었다. 들킬까 봐 조마조마해서 나는 잠시 멈칫거리다가 몸을 숨겼다. 그러다 다음 순간, 눈에 띈 방 안의 광경에 아연해지고 말았다.

그 방은 커튼이 쳐 있기는 했지만 갈래촛대 두 개에 꽂혀 있는 촛불이 아름다운 빛을 뿌리고 있었다. 외숙모가 방 한복판에 있는 긴 의자에 누워 있었고, 그 발밑에 로베르와 쥘리에트가 있었다. 외숙모 뒤에는 중위 복장을 한, 낯선 젊은 사나이가 있었다.

지금 생각하면 그곳에 그 두 아이가 있었다는 것이 상당히 부자연스럽고 기괴하지만, 그 무렵 순진했던 나에게는 그게 오히려 안심이 되었다.

부드럽고도 맑은 목소리로 이런 말을 되풀이하는 낯선 사나이를 아이들은 웃으면서 쳐다보고 있었다.

"뷔콜렝! 뷔콜렝! 만일 내게 양이 한 마리 있었다면 틀림없이 뷔콜렝이란 이름을 지어 주었을 텐데……."

외숙모까지도 깔깔대고 웃었다. 외숙모가 젊은 사나이에게 담배 한 대를 내밀자 그 사나이가 담배에 불을 붙여 주었고, 외숙모가 몇 모금 빠는 것을 나는 지켜보았다. 담배가 바닥에 떨어졌다. 사나이는 담배를 주우려고 냉큼 일어서더니, 숄에 발이 감긴 척하면서 외숙모 앞에 무릎을 꿇었다…….

이 우스꽝스런 연극 덕분에 나는 들키지 않고 지나갈 수가 있었다.

나는 알리사의 방문 앞에 이르러 가만가만 문을 두드렸다. 잠시 그대로 기다렸다. 아래층에서 들려오는 웃음소리와 법석대는 소리가 노크 소리를 지웠는지 아무런 대답도 들리지 않았다.

나는 문을 밀었다. 문이 조용히 열렸다. 방 안이 어둑어둑해서 알리사를 바로 찾아낼 수 없었다. 알리사는 저무는 햇살이 스며드는 창문을 등진 채 침대 머리에 무릎을 꿇고 앉아 있었다.

내가 다가가자 내 쪽으로 고개를 돌렸지만 일어서지는 않은 채 속삭이듯 말했다.

"아! 제롬, 왜 돌아왔니?"

나는 입을 맞추려고 몸을 굽혔다. 그녀의 얼굴은 온통 눈물로 젖어 있었다.

이 순간이 나의 삶을 결정했다. 나는 오늘날까지도 괴로움 없이는 그 순간을 회상할 수가 없다. 물론 나로서는 그녀가 슬퍼하는 까닭을 어렴풋이 짐작할 뿐이었다. 나는 그 슬픔이, 아직 어린 영혼과 흐느낌으로 떠는 연약한 육신에게는 너무나도 벅차다는 것을 뼈저리게 느꼈다.

나는 무릎을 꿇고 있는 알리사 곁에 그대로 서 있었다. 나는 내 마음속에서 새롭게 솟구치는 격정을 무엇이라 불러야 할지 몰랐다. 그저 그녀의 머리를 내 가슴에 껴안고 내 마음이 흘러넘치는 입술을 그녀의 이마에다 대고 있을 뿐이었다.

나는 사랑과 연민에 도취하여, 감격과 희생과 덕성이 뒤얽힌, 걷잡을 수 없는 감정에 사로잡혔다. 나는 있는 힘을 다해 하느님을 불렀으며, 이제부터 내 인생의 목적은 오직 공포와 악에서 이 소녀를 보호하는 것뿐이라고 생각하면서 내 모든 것을 거기에 바치기로 했다.

나는 마침내 기도하는 마음으로 무릎을 꿇고 그녀를 내 몸으로 감싸 주었다. 흐느끼는 듯한 그녀의 가녀린 말소리가 들렸다.

"제롬! 들키지 않았지, 그렇지? 자! 빨리 가! 그 사람들에게 들키면 안 돼."

그러고는 한결 낮은 목소리로 말했다.

"제롬, 누구한테도 말하지 말아 줘……! 가엾은 아버지는 아무것도 모르셔……."

그래서 나는 이 일에 관해서 어머니에게도 아무 말을 하지 않았다. 그런데 플랑티에 이모가 어머니와 끊임없이 수군거리며 무언가 숨기는 듯 안절부절못하던 근심스러운 모습, 밀담을 나누는 곳에 내가 다가갈 때마다 "얘야, 저만치 좀 가서 놀려무나." 하면서 나를 멀리하던 일, 이런 모든 것이 뷔콜렝 댁의 비밀에 관해 두 분이 전혀 모르고 있지는 않다는 것을 짐작하게 했다.

우리가 파리에 돌아오자마자 전보 한 장이 어머니를 르아브르로 되돌아가게 했다. 외숙모가 달아나 버렸다는 것이었다.

"남자하고요?"

어머니가 나를 매스 애슈부르통에게 맡겼기에 그녀에게 물어보았다.

"얘, 그건 어머님께나 여쭤 보렴. 난 도무지 대답할 게 없구나."

르아브르의 가출 사건으로 아연해진 노부인이 머리를 내저으며 말했다.

이틀 뒤, 그녀와 나는 어머니를 뒤쫓아 떠났다. 토요일이었다. 내 마음은 '내일은 교회에서 외사촌 누이들을 만날 텐데.' 하는 생각으로 꽉 차 있었다.

어린 내 마음에, 우리가 그런 장소에서 만난다는 것은 우리의 재회가 그만큼 성스럽다는 것을 뜻하는 것 같아서 대단히 뿌듯했던 것이다.

아무튼 외숙모의 일에 관해서는 거의 생각하지 않았다. 그리고 그러한 것은 어머니에게도 캐묻지 않는 것이 올바른 태도라고 여겼다.

자그마한 예배당에는 그날 아침따라 사람이 별로 많지 않았다. 보티에 목사님은 아마 의도적이었겠지만, 묵도(默禱)를 위한 인용구로 그리스도의 이 말씀을 인용했다.

'좁은 문으로 들어가기를 힘쓰라.'

알리사는 나보다 조금 앞자리에 앉아 있었다. 나는 그녀의 옆얼굴을 바라보았다. 그녀를 바라보느라고 내 자신을 잊고 있었기 때문에, 온 정신을 기울여 듣고 있는 보티에 목사님의 말이 마치 그녀를 통해 들리는 것처럼 여겨졌다. 외삼촌은 어머니 곁에 앉아 눈물을 흘리고 있었다.

목사님은 우선 전 구절을 읽었다.

"좁은 문으로 들어가기를 힘쓰라. 멸망으로 인도하는 문은 크고 그 길이 넓어 그리로 들어가는 자가 많고, 생명으로 인도하는 문은 좁고 그 길이 협소하여 찾는 이가 적으니라."

그러고는 주제를 분명히 이야기하면서 우선 첫째로 '넓은 길'에 관한 말을 했다. 나는 멍하니 꿈을 꾸듯 외숙모의 방을 다시 그려 보았다.

긴 의자에 드러누운 채 웃고 있는 외숙모가 보였다. 외숙모와 함께 웃고 있던 젊은 중위의 모습도 떠올랐다. 순간 웃음이니 즐거움이니 하는 것 자체가 불쾌하고 모욕적인 것처럼 느껴지면서, 죄악의 징그러운 과장인 것처럼 여겨졌다.

"그리로 들어가는 자가 많고……."

보티에 목사님은 다음 구절을 읽었다. 들떠서 웃고 지껄이면서 행렬을 지어 나아가는, 화려하게 꾸민 무리들을 목사님은 그려내 보였다.

나는 목사님이 그려 내는 대로 그러한 무리들을 보았다. 그런 행렬엔 낄 수도 없겠지만 끼고 싶지도 않다고 생각했다. 내가 그런 사람들과 발을 맞추면 그 한 걸음 한 걸음이 알리사에게서 나를 떼어 놓을 것이기 때문이었다.

목사님은 인용구의 첫마디를 되풀이했다. 나는 힘써 들어가야 한다는 그 좁은 문을 보았다. 상상 속에서 나는 그 문을 흡사 무슨 금속 압연기(金屬 壓延機)처럼 생각하고는, 몹시 고통스럽기는 했으나 하늘나라 지복(至福)의 맛이 섞인 그런 고통을 맛보며 애써 그 문으로 들어갔다.

그러자 그 문은 알리사의 방문이 되었다. 나는 그리로 들어가고 싶은 스스로를 억제하며, 내 안에 있는 이기적인 모든 것을 비워 내고 있었다…….

"생명으로 인도하는 문은 좁고 그 길이 협수하여……."

보티에 목사님의 설교는 계속되었다. 그리고 나는 온갖 고통과 슬픔을 넘어서서 또 다른 하나의 신비롭고 거룩한 기쁨, 내 영혼이 이미 갈망하고 있는 기쁨을 상상하고 예감했다. 나에겐 그 기쁨이 날카로우면서도 섬세한 바이올린의 선율, 또는 알리사의 마음과 내 마음이 한데 녹아드는 거센 불꽃처럼 상상되었다.

우리는 둘이서 묵시록에 적혀 있는 것과 같은 하얀 옷을 차려 입고서, 손에 손을 잡고 하나의 목표를 바라보고 나아가는 것이었다……

어린아이의 이러한 몽상이 미소를 자아낸들 그게 무슨 상관이 있으랴. 나는 그때의 몽상 그대로를 이야기하고 있는 것이다. 혹시 분명하지 않은 점도 있겠지만, 그것은 오직 하나의 뚜렷한 감정을 그려 내려는 언어와 불완전한 비유에 한해서만 그러할 것이다.

"찾는 이가 적으니라!"

보티에 목사님은 이렇게 끝을 맺었다.

그는 어떻게 하면 좁은 문을 찾아낼 수 있는가를 설명했다.

'찾는 이가 적으니라. 나는 그중의 한 사람이 되리라……'

정신적으로 심하게 긴장했던 나는 예배가 끝나자마자 알리사를 찾으려고도 하지 않은 채 곧장 뛰어나와 버렸다. 자랑스러운 마음으로 벌써부터 내 결심 ― 나는 이미 결심해 버렸던 것이다 ― 을 시련에 부대끼게 하고 싶었고, 당장에 그녀에게서 내 몸을 멀리 둠으로써 한결 더 그녀에게 합당한 사람이 될 것이라고 생각했기 때문이다.


## 2


준엄한 이 교훈은 그에 따르는 의무를 받아들일 준비가 되어 있을 뿐만 아니라, 천성적으로 의무에 관한 터전이 마련되어 있는 영혼 하나를 발견하게 했다. 게다가 부모님이 보여 준 모범은 내 마음에서 일어나는 충동을 절제할 수 있게 한 청교도적 규율과 결합하여, 결정적으로 이 영혼을 '덕'이라고 부르는 것에게로 향하게 했다.

나에게는 자신을 억제하는 것이 남들이 자기 자신을 함부로 내던지는 것만큼이나 자연스러운 일이었고, 나를 붙들어 매고 있던 엄격한 규율은 나를 진저리 치게 하기보다는 오히려 나를 기쁘게 하는 것이었다. 내가 미래에서 찾고자 한 것은 행복이라기보다 행복에 이르려는 노력이었다.

그처럼 나는 행복과 덕을 혼동하고 있었다. 당시 열네 살 소년이었던 나에게는 아직 모호한 것이었고, 그저 어떤 가르침이 있기를 기다리는 상태였다.

그런데 이윽고 알리사에게 품은 내 사랑은 거침없이 나를 그런 방향으로 이끌고 갔다. 그것은 갑작스러운 마음의 게시였고, 그 때문에 나는 내 자신을 의식하게 되었다. 그때 나는 내성적이며 활달하지 못했고, 무엇인가를 늘 기다리고 있었으며, 남의 일에는 별로 마음을 두지 않았고, 무얼 해 보겠다는 생각이 별로 없는 아이였다. 오로지 자아에 대한 성취만을 꿈꾸고 있었다. 나는 공부를 좋아했고, 장난을 해도 머리를 쥐어짜야 하는 것이나 힘이 드는 것이 아니면 열중하지 않았다.

내 나이 또래 아이들과는 별로 사귀지도 않았고, 같이 어울려 그들의 장난을 거들어 주긴 했지만 그것은 다만 친분이나 호의로 한 것일 뿐이었다. 하지만 아벨 보티에와는 곧잘 어울렸다.

그는 그 이듬해 파리에 와서 나와 같은 학급에서 공부하게 되었다. 상냥하고 근심 없는 소년이었고, 나는 그에게 존경보다는 정다움을 느끼고 있었다. 그리고 무엇보다도 그와 어울리면 언제나 내 생각이 줄달음쳐 가는 르아브르와 퐁그즈마르 이야기를 할 수 있어서 좋았다.

외사촌 동생인 로베르 뷔콜랭은 우리와 같은 중학교 기숙사생으로 들어오기는 했지만 두 학년 아랫반이었다. 그래서 나는 일요일에만 그와 만날 따름이었다. 그가 내 외사촌 누이의 동생이 아니었다면 — 게다가 그는 누이들을 닮은 점이 거의 없었다 — 나는 아마 그를 만나 볼 재미라고는 조금도 느끼지 못했을 것이다.

나는 그 무렵 사랑에 푹 빠져 있었으므로, 로베르나 아벨과 사귀는 것이 나에게 중요했던 까닭은 오직 이 사랑 때문이었다.

알리사는 복음서에 나오는 값진 진주와도 같았고, 나는 진주를 얻기 위해서 자기가 소유한 모든 것을 팔아 버리는 장사치였다.

비록 내가 그때 어린애였다고 해서 지금 그것을 사랑이라 이야기하고, 외사촌 누이에게 느끼던 감정을 그렇게 이름 짓는 것이 잘못된 일일까? 그 뒤로 내가 겪은 그 어느 것도 이보다 더 사랑이라는 이름에 어울린다고 생각되는 것은 없었다.

그뿐만 아니라, 내가 육체적인 변화로 불안해하고 괴로워하는 나이가 됐을 적에도 사랑에 관한 내 성격은 별로 달라지지 않았다. 즉 어린 시절에 내가 마음먹었던 것처럼 오직 외사촌 누이에게 합당한 인간이 되려고만 했지 그녀를 좀 더 직접적으로 소유하려고 생각해 본 일은 없었던 것이다.

공부, 노력, 경건한 행위 등 이런 모든 것을 나는 신기하게도 알리사에게 바쳤다. 또한 그녀를 위해서 하는 일조차 번번이 그녀 모르게 하는 것이 한층 더 덕을 닦는 것이라고 생각했다. 그처럼 나는 황홀하기까지 한 겸양에 도취했었다.

아아, 나는 내 자신의 즐거움 따위는 별로 마음에 두지 않고, 그저 내 스스로에게 무슨 노력이 요구되는 것이 아니면 그 어떤 일에도 만족하지 못하는 버릇이 들었던 것이다.

나만이 이러한 극기 훈련에 열중했던 것일까? 알리사는 그런 내 마음을 눈치채고 있는 것 같지도 않았고, 자기만을 위해 힘을 다하고 있는 나를 위해서 별다른 일을 하는 것 같지도 않았다. 아무런 꾸밈도 없는 그녀의 영혼 속에서는 모든 것이 순진한 아름다움이었던 것이다.

그리고 그녀의 덕성마저도 참으로 자연스럽고 우아해서, 전혀 신경을 쓰지 않아도 그냥 그녀 주위로 흘러넘치는 것처럼 보일 정도였다.

또 앳된 미소 때문에 그녀의 시선에 깃든 엄숙함마저 부드러운 매력으로 빛났다. 그녀가 그처럼 아늑하고, 그처럼 다정하고, 그처럼 무언가를 묻는 듯한 시선을 살며시 위로 치켜 올리는 모습을 나는 지금도 그려 보곤 한다.

그러고 보면 외삼촌이 마음의 동요가 일어날 때마다 맏딸에게 도움과 의견과 위안을 구하던 까닭도 충분히 이해할 수 있는 일이었다.

그 이듬해 여름, 나는 외삼촌이 그녀와 이야기하고 있는 것을 자주 보았다. 외로움 때문에 외삼촌은 나이보다 훨씬 더 늙어 보였다. 식사 때도 외삼촌은 통 말이 없었고, 이따금씩 짐짓 즐거운 표정을 억지로 지어내곤 했지만, 잠잠히 있는 것보다 더 쓰라리게 느껴졌다.

저녁에 알리사가 모시러 갈 때까지는 서재에 틀어박혀서 담배만 피웠고, 알리사가 빌다시피 해야 겨우 방에서 나왔다.

알리사는 마치 어머니가 어린아이를 보살피듯이 외삼촌을 정원으로 인도했다. 둘이서 꽃이 피어 있는 오솔길을 내려가서 채소밭 층계 근처에 의자를 몇 개 갖다 놓은 다음 둥그런 빈터에 가서 앉는 것이었다.

어느 날 석양 무렵, 내가 우람한 진홍빛 너도밤나무가 빽빽이 들어서 있는 곳에서 나무 한 그루가 그늘을 깊게 드리우는 잔디밭에 드러누워 늦도록 책을 읽고 있을 때였다. 꽃이 피어 있는 그 오솔길과 나 사이엔 계수나무 울타리가 있을 뿐이어서 보이지는 않아도 소리는 그대로 들려왔다. 알리사와 외삼촌의 말소리가 들렸는데, 아마 로베르에 관한 얘기를 막 하고 난 뒤인 듯싶었다.

그러자 알리사가 내 이름을 말하는 소리가 들렸다. 그런 뒤 내가 말소리를 알아듣기 시작했을 적에 외삼촌이 큰 소리로 말했다.

"음! 그 아이는 언제까지나 공부하기를 즐길 거야."

뜻하지 않게 엿듣고 만 나는 그 자리를 떠나 버리거나 적어도 내가 있다는 것을 알도록 무슨 기척인가를 내고 싶었다. 그런데 기척을 어떻게 낼까?

'나 여기 있어요. 말소리가 들려요.'

이렇게 고함을 칠까……?

내가 잠자코 있었던 것은 더 들어 보려는 호기심이라기보다 난처함과 수줍음 탓이었다. 게다가 두 사람은 그저 오솔길을 산책하면서 지나갔을 따름이고, 나 또한 불확실하게 이야기를 들었을 따름이니…….

그런데 두 사람은 천천히 걷고 있었다. 아마도 알리사는 언제나처럼 팔목에 가벼운 바구니를 걸고선 시든 꽃을 따 버리기도 하고, 올해따라 자주 끼는 바다 안개 때문에 익지도 않고 떨어진 열매를 울타리 밑에서 주워 모으기도 했을 것이다.

그녀의 맑은 목소리가 들렸다.

"아버지, 팔리시에 고모부는 훌륭한 분이셨어요?"

외삼촌의 음성은 낮고도 불확실하여 잘 알아들을 수가 없었다. 알리사는 다짐하듯 물었다.

"아주 훌륭하셨어요?"

다시 희미하게 외삼촌의 대답 소리가 들렸다. 뒤를 이어 알리사의 또렷한 말소리가 들렸다.

"제롬은 머리가 좋지요, 그렇지 않아요?"

이럴 때 어찌 귀를 쫑긋 세우지 않을 수 있을까? 그러나 한마디도 알아들을 수 없었다.

알리사가 말을 이었다.

"훌륭한 사람이 될 것 같으세요?"

이번에는 외삼촌의 음성이 높아졌다.

"그런데 알리사. 먼저 알고 싶은 게 있는데, 넌 어떤 뜻으로 '훌륭한'이란 말을 쓰고 있지? 보기엔 그렇지 않고, 적어도 인간의 눈엔 그렇게 보이지 않는데 사실은 아주 훌륭한 사람이 있는 법이야⋯⋯. 하느님 눈으로 볼 때 아주 훌륭한 사람이⋯⋯."

"저도 그런 뜻으로 말한 거예요"

알리사가 말했다.

"그렇기도 하거니와⋯⋯ 어디 벌써부터 알 수 있니? 그 앤 아직 너무 어리니 말이다⋯⋯. 그래, 분명히 유망한 애야. 하지만 그것만으로는 충분하지 않지. 그것만으로 성공하는 것은 아니야⋯⋯."

"또 뭐가 필요해요?"

"글쎄, 무어라고 할까? 신뢰라든가, 도움이라든가, 사랑이라든가⋯⋯."

"도움이라뇨?"

알리사가 물었다.

"내겐 주어지지 않았던 것, 애정과 존경, 그런 것 말이다."

외삼촌이 쓸쓸하게 대답했다. 그러곤 두 사람의 말소리가 차츰 들리지 않게 되었다.

밤 기도 때, 나는 뜻하지 않게 저지른 지각없는 행동을 뉘우치고 알리사에게 고백하리라 결심했다. 그렇게 하기로 결심한 데는 좀 더 캐 보겠다는 호기심도 섞여 있었을 것이다.

이튿날 내가 말을 꺼내자마자 알리사가 나무랐다.

"그래도 제롬, 남의 말을 엿듣는 건 아주 나쁜 짓이야. 기척을 내든지 자리를 떠나 버리든지 했어야 할 게 아니니?"

"정말이지 난 엿듣지 않았어……. 전혀 예기치 않게 들려왔단 말이야……. 그리고 그쪽도 그냥 지나가 버렸잖아."

"천천히 걷고 있었는걸 뭐."

"그랬겠지. 아무튼 내겐 겨우 들렸어. 그러곤 이내 못 듣게 되었는걸……. 그런데 말이야, 성공하려면 무엇이 필요한가 물었을 때 외삼촌은 뭐라고 대답하셨지?"

그러자 알리사가 웃으며 말했다.

"제롬, 모두 듣고서 왜 이러니? 나에게 다시 듣는 게 재미있어?"

"정말로 첫마디밖엔 못 들었대도 그래……. 신뢰니 사랑이니 말씀하셨을 때 말이야. 그러시고 나서, 그것 말고도 여러 가지 것이 필요하다고 그러셨어. 그래, 넌 뭐라고 대답했지?"

알리사는 갑자기 정색을 했다.

"인생에서의 도움을 말씀하시길래 너한텐 어머니가 계시다고 대답했지 뭐."

"저런, 알리사. 어머니가 언제까지나 함께 계시지 못한다는 건 너도 잘 알잖아! 그리고 그건 정확한 대답이 아니고……."

알리사는 고개를 숙였다.

"아버지가 내 말에 그렇게 대답하셨어."

나는 떨면서 그녀의 손을 잡았다.

"내가 장차 뭐가 되든 그건 오로지 너를 위해서야."

"그래도 제롬, 나도 또 너를 떠날지 모르잖니?"

나는 내 영혼을 불어넣듯 혼신의 힘을 다해 말했다.

"난, 난 결코 너를 떠나지 않아."

그녀는 양어깨를 약간 위로 추켰다가 내렸다.

"혼자서 걸어 나갈 만큼 굳세지 못한 거야? 하느님께 다다르면 누구든지 혼자 나가야 하는 거야."

"그렇지만 내게 길을 가르쳐 주는 건 알리사야."

"어쩌면 예수님 말고 또 다른 인도자를 찾을까? …… 우리가 서로 가장 가까이 있을 수 있는 것은, 우리 둘이 저마다 서로를 잊고 하느님께 기도드리기 때문이라고 생각하지 않니?"

"그래, 우리를 결합하여 주십사 하고 기도하는 거 말이지."

나는 얼른 말을 가로챘다.

"아침마다 밤마다 내가 하느님께 청하는 것은 바로 그거야."

"아니, 너는 하느님 품 안에서 결합한다는 게 무슨 말인지도 모르니?"

"나는 진심으로 다 알고 있어. 그건 두 사람이 말이야, 자기들이 찬양하는 어떤 하나의 것 안에서 서로를 찾는 걸 뜻해. 네가 찬양하는 것을 나 역시도 찬양하는 것은 바로 그걸 찾기 위해서일 거야."

"네 찬양은 도무지 순수하지 못해."

"나한테 너무 많은 걸 바라지 마. 천국이라 해도 거기서 널 찾지 못한다면 내겐 아무 소용도 없어."

그녀는 손가락 하나를 입술에 갖다 대더니 약간 엄숙한 투로 말했다.

"너희는 먼저 하느님의 나라와 그 의를 구하라."

우리가 주고받던 말을 여기에 옮기면서, 나는 아이들이 얼마나 애를 써 가며 심각한 이야기를 하는지를 모르는 사람들에게는, 이런 말들이 조금도 어린애가 하는 말답게 보이지 않을 것이라는 생각이 든다.

그렇더라도 어쩌겠는가? 변명을 할 수도 없지 않은가? 우리가 하던 말을 더 자연스럽게 들리도록 꾸며 대고 싶지 않은 것과 마찬가지로, 나는 그런 변명은 하고 싶지 않다.

우리는 라틴 어로 된 복음서를 구해다가 긴 구절들을 외곤 했다. 동생 로베르를 거들어 준다는 구실로 알리사는 나와 함께 라틴 어 공부를 했다.

그런데 내 짐작으로는 내 독서를 따라오려고 그러는 것 같았다. 그리고 사실 그녀와 함께 할 수 없다고 생각하는 공부에는 나 역시 재미가 붙지 않았다. 그런 것이 때때로 나에게 방해가 되었다 할지라도, 남들이 쉽게 생각하듯이, 그것이 내 정신의 비약을 가로막은 것은 아니었다. 오히려 그 반대로 그녀는 어디서나 자유로이 나를 앞서고 있는 듯싶었다.

그러나 나는 그녀를 따라 그녀의 길로 접어들었던 것이고, 그 무렵 우리를 사로잡고 있었던 것, 우리가 사색이라고 부르던 것도, 좀 더 학문적으로 마음이 일치한다는 구실로 위장한 감정의 가장 또는 사랑의 겉치레에 지나지 않는 경우가 많았다.

어머니는 처음엔, 알리사에 대한 내 감정의 깊이를 알지 못하고 걱정하는 것 같았다. 그러나 기력이 점점 쇠하고 있음을 깨달으면서 우리 두 사람을 모성으로 감싸 주고 싶어 했다.

어머니는 오래전부터 앓고 있던 심장병 때문에 점점 고통이 심해졌다. 발작이 특히 심했던 어느 날, 어머니는 나를 곁으로 부르더니 말했다.

"얘야, 나도 이젠 퍽 늙었구나. 언제 너를 두고 갑자기 가 버리게 될지……."

숨이 가쁜지 어머니는 말을 끊었다. 그때 나는 참을 수가 없어서 내가 먼저 말을 꺼내기를, 어머니가 기다리는 듯한 말을 부르짖듯 쏟아 내고 말았다.

"어머니, 아시지요? 저는 알리사와 결합하고 싶어요."

그러자 내 말이 어머니의 깊은 가슴속에 있던 생각과 바로 이어졌는지 어머니는 곧 내 말을 받았다.

"그래, 너에게 말하려고 하는 것도 바로 그거란다. 제롬."

어머니의 말에, 나는 흐느끼면서 말했다.

"어머니! 알리사도 저를 좋아하지요, 그렇지요?"

"그럼. 그렇고말고, 얘야."

어머니는 몇 번이나 다정하게 "그럼, 그렇고말고 얘야."를 되풀이했다. 말하기가 몹시 힘든데도, 어머니는 덧붙여 말했다.

"모든 것은 주님께 맡겨야 하는 것이다."

그러고는 내가 어머니 가까이로 고개를 숙이자, 내 머리 위에 손을 얹고 다시 이렇게 말했다.

"주님께서 두 사람을 보호하여 주시옵기를."

그런 다음 이내 잠 속으로 빠져 들었다. 나는 일부러 깨우려 들지 않았다.

이 이야기는 두 번 다시 끄집어내지 않았다. 그 이튿날은 어머니도 기분이 좀 나아졌고, 나는 또 강의 때문에 학교로 돌아가게 되어 절반밖에 못한 속 이야기 외에는 다시금 침묵으로 뒤덮였다. 게다가 그 이상 내가 무엇을 할 수 있었을 것인가?

알리사가 나를 사랑한다는 것은 조금도 의심할 여지가 없었다. 설령 그때까지는 내가 미심쩍어했다 할지라도, 그 뒤 슬픈 사건이 일어났을 때에 즈음해서는 그러한 의심조차도 내 마음 속에서 사라지고 말았다.

어머니는 어느 날 저녁, 미스 애슈부르통과 나 사이에서 조용히 운명했다.

어머니의 목숨을 앗아간 마지막 발작은 처음에는 그전 발작에 비해 그다지 심한 것 같지 않았다. 마지막 때가 되어서야 위험한 증상을 보였기 때문에, 친척 중 누구라도 임종 전에 어머니 옆으로 달려올 수가 없었다. 나는 어머니의 옛 친구 곁에서, 돌아가신 소중한 분을 지키면서 밤을 새웠다.

나는 어머니를 깊이 사랑했다. 그런데 눈물이 흘러내렸지만 가슴으로 슬픔을 느끼지 못했던 것은 놀라운 일이다.

내가 눈물을 흘린 것은 자기보다 나이가 훨씬 적은 친구가, 이렇게 자기보다 먼저 하느님 앞으로 가는 것을 지켜보게 된 미스 애슈부르통이 측은했기 때문이다.

그리고 다른 한편으론 어머니의 죽음이 외사촌 누이를 내게로 서둘러 오게 할 거라는 은밀한 생각이 끝없이 내 설움을 억누르고 있었다.

이튿날, 외삼촌이 왔다. 외삼촌은 당신 딸의 편지를 내게 전해 주었다. 그녀는 그다음 날에야 플랑티에 이모와 함께 왔다.


…… 제롬, 내 벗, 내 동생에게.

기다리고 계시던, 커다란 만족을 드릴 수 있었을 몇 마디 말씀을 돌아가시기 전에 여쭙지 못한 것이 얼마나 가슴 아픈지 몰라.

고모께서 부디 나를 용서해 주시기를!

그리고 이제부터는 오직 주님께서 우리를 인도해 주시기를 빌어.

안녕히, 내 가엾은 벗이여.

— 어느 때보다도 다정한 너의 알리사


이 편지는 무엇을 의미했던 것일까? 여쭙지 못해서 가슴 아프다는 그 몇 마디 말이란 바로 우리 두 사람의 앞날을 기약하는 말이 아니고 무엇이었겠는가?

그러나 나는 아직도 무척 어렸기에 대뜸 청혼하려 들지는 않았다. 게다가 내게 그녀의 맹세가 필요했던가? 우리는 그때 이미 약혼자나 다름없지 않았던가?

우리의 사랑은 이미 친척들 사이에서도 아무런 비밀이 아니었다. 외삼촌 역시 어머니와 마찬가지로 우리의 사랑을 반대하지 않았다. 오히려 외삼촌은 벌써부터 나를 당신 아들처럼 다정하게 대했던 것이다.

며칠 뒤에 시작된 부활절 방학을 나는 르아브르에서 보냈다. 그동안 플랑티에 이모 댁에서 묵었지만, 식사는 거의 뷔콜렝 외삼촌 댁에서 했다.

펠리시 플랑티에 이모는 더할 나위 없이 훌륭한 분이었지만, 내 외사촌 누이들처럼 내가 아주 허물없이 지내는 사이는 아니었다. 노상 무얼 서두르는 듯 숨 가쁘게 살았다. 몸가짐에는 상냥함이 없었고, 음성에도 아무런 부드러움이 없었다. 우리가 귀여워서 견딜 수 없다는 듯, 아무 때나 스킨십을 마구 해 대는 것도 우리에겐 오히려 귀찮게 느껴졌다.

뷔콜렝 외삼촌은 이모를 퍽 좋아했지만, 이모와 이야기하는 목소리만으로도 외삼촌이 어머니를 더 좋아한다는 것을 넉넉히 짐작할 수 있었다.

어느 날 저녁, 이모가 이야기를 꺼냈다.

"얘야. 네가 올여름에 무얼 할 생각인지는 모르겠다만, 내가 해야 할 일을 결정하기 전에 우선 네 계획부터 좀 알고 싶구나. 혹 내가 무슨 도움이 될 수 있을까 해서 말이다."

"아직은 별로 생각해 보지 않았어요. 글쎄, 여행이나 좀 다닐까 싶기도 하고요."

이모가 말을 이었다.

"잘 알겠지만 우리 집도 말이야, 퐁그즈마르와 마찬가지로 네가 오는 건 언제든지 환영이다. 하긴 그쪽으로 가면 네 외삼촌이랑 쥘리에트가 반가워하겠다만……."

"알리사 말씀이죠?"

"참, 그렇구나! 미안하다. 네가 좋아하는 애를, 글쎄 쥘리에트라고 짐작하고 있었거든! 네 외삼촌이 사실을 말해 주기 전까진 말이야. 나는 말이다, 너희를 정말 사랑하지만 너희 성격을 잘 몰라. 너희를 만나 볼 기회가 자주 있었던 것도 아니고……. 더구나 난 뭘 꼼꼼히 살펴보는 성격이 아니야. 내가 볼 때마다 노상 쥘리에트와 어울려 놀기에…… 그렇게 생각한 거지. 그 앤 정말 예쁘기도 하고 활발하기도 해서……."

"그래요, 쥘리에트랑은 지금도 잘 놀지요. 하지만 제가 좋아하는 건 알리사예요."

"아무렴, 아무렴. 누구를 좋아하건, 그건 네 마음이지. 나야 뭐 알리사를 도무지 모른다고 할 정도지 않니. 그 앤 동생보다 말수가 적고 해서 말이야. 아무튼 네가 그 애를 선택한 데는 무슨 특별한 이유가 있겠지."

"아녜요, 이모. 제가 알리사를 좋아하는 건 선택의 문제가 아니에요. 그리고 무슨 특별한 이유가 있는 것도 아니고요."

"역정 낼 건 없다, 제롬. 내가 무슨 딴 뜻이 있어서 그렇게 말한 건 아냐. 네 말을 듣다 보니 무슨 말을 하려던 참인지 잊어버렸구나……. 그렇지! 참, 결국 모든 일이 결혼을 해야 끝이 나는 건데, 네 어머니 상 때문에 지금 당장 청혼을 할 순 없잖니. 예법대로 하자면 말이다. 게다가 넌 아직 너무 어리고 해서……. 그래 내 생각으론, 이제는 어머니하고 함께 가 있는 것도 아니니까 말이야. 네가 퐁그즈마르에 가 있는 건 어쩌면 남 보기에 안 좋을 것 같구나."

"여행 이야기를 한 것도 바로 그것 때문입니다."

"그랬구나. 그러니 말이다, 얘야. 난 이렇게 생각했단다. 바로 내가 함께 가 있기만 한다면야 만사가 다 편하지 않을까? 그래서 올여름 한동안은 나도 좀 짬이 나도록 계획을 세워 두었단다."

"부탁만 드리면 미스 애슈부르통이 곧 와 주실걸요."

"그 여자가 와 줄 것은 나도 알고 있지. 그래도 그것만으론 되는 게 아냐! 나도 함께 가 주겠다……. 뭐 내가 네 가엾은 어머니 대신으로 나서자는 건 아니다만……."

이모는 말을 하다가 갑자기 흐느꼈다.

"난 그저 집안일이나 돌볼까 하고……. 그렇게 하면 너나 네 외삼촌이나 알리사도 거북하지는 않을 게 아니니?"

플랑티에 이모는 당신이 가 있을 경우의 효과를 잘못 생각한 것이었다. 사실을 말하자면, 우리가 거북함을 느꼈다면 그건 오직 이모 때문이었다. 말한 대로 이모는 7월부터 퐁그즈마르에 가 있었고, 미스 애슈부르통과 나도 곧 뒤따라갔다.

집안일을 하는 알리사를 거들어 준다는 명목 아래 이모는 조용한 집안을 끊임없이 소란하게 만들었다. 우리 마음을 편하게 해 주려고, 또 이모 말처럼 '만사를 손쉽게' 해 주려고 너무나 극성스럽게 수선을 피웠던 것이다.

그 때문에 알리사와 나는 이모 앞에 서 있는 것이 언제나 거북했고, 그래서 반벙어리가 되고 말았다. 이모는 우리가 무척 쌀쌀하다고 느꼈을 것이다…….

그런데 설사 우리가 잠자코 있지 않았다 하더라도 이모는 우리 사랑이 어떤 것인지 이해할 수 있었을까?

쥘리에트의 성격은 우리와 반대로 이모의 수다스러움과 꽤 잘 어울렸다. 이모가 작은 조카딸을 유난히 표 나게 귀여워하는 것을 보면서, 이에 대한 어떤 반감이 나도 모르게 생겼던 것 같다. 그런 것들 때문에 이모에 대한 나의 정이 가로막혔다고 생각하기도 한다.

어느 날 아침, 우편물이 도착한 다음에 이모가 나를 불렀다.

"제롬, 정말 딱하게 되었구나. 딸아이가 아프다고 나를 부르지 않니. 아무래도 너를 두고 가 봐야 하겠구나."

부질없는 걱정으로 머릿속이 가득 차 버린 나는, 이모가 떠난 뒤에도 그대로 퐁그즈마르에 남아 있어도 될지 어떨지 결정할 수가 없어서 외삼촌을 보러 갔다. 그런데 입을 열자마자 외삼촌이 버럭 소리를 질렀다.

"도대체 가장 자연스러운 일을 가지고 누님은 왜 복잡하게 생각하시는 거야? 그래! 너는 무엇 때문에 떠나겠다는 게냐, 제롬? 너는 이미 내 자식이나 다름없지 않냐?"

이모는 퐁그즈마르에 단 두 주만 머물렀다. 이모가 떠나자마자 집안은 다시 조용해졌다. 행복과도 같은 고요함이 다시 집안에 깃들기 시작했다.

내가 어머니 상을 당하자 우리 사랑은 흐려지기는커녕 오히려 더욱 짙어졌다. 메아리가 잘 울리는 곳에서처럼, 우리 마음의 가장 작은 움직임도 서로에게 또렷이 전달되면서 잠잠히 흐르는 생활이 시작되었다.

이모가 떠나고 며칠이 지난 어느 날 저녁, 우리는 식탁에서 이모 이야기를 하고 있었다. 지금도 소상하게 기억되는 일이다.

"그게 웬 법석이람! 인생의 파도가 지금쯤은 이모의 영혼에 휴식을 안겨 줬어야 하지 않나? 아름다운 사랑의 모습이여, 그대 그림자는 이제 무엇이 되었느냐?"

이건 괴테가 슈타인 부인을 두고 '이분의 영혼 속에 비치는 세상은 보기에도 아름다우리라.'고 한 말이 생각나서 한 말이었다.

그리고 우리는 대번에 여러 능력에 대해 단계 같은 것을 정하고, 가장 으뜸이 되는 것은 명상 능력이라는 판단을 내렸다. 그때까지 잠자코 있던 외삼촌이 쓸쓸히 미소를 지으며 우리가 하던 말을 이었다.

"애들아, 비록 부서져 있을지라도 하느님께서는 거기에서 제 모습을 알아보신단다. 사람의 일생 중에서 어느 한 시기만을 가지고 그 사람을 판단하지 않도록 조심하자.

너희 이모만 하더라도 너희가 싫어하는 모든 단점이 다 여러 가지 사건 때문에 그렇게 된 것이라, 그런 사건에 관해 너무나 잘 아는 나로서는 너희처럼 가혹하게 이모를 비난할 수가 없단다.

젊은 시절에는 그렇게 남이 좋아하던 성격도 말이야, 늙다 보면 변질되지 않을 수가 없는 거야.

지금 너희가 '분주함'이라고 부르는 플랑티에 이모의 성격도 처음에는 매력적인 적극성이라든가 직관적인 과감성, 시원시원한 성질 그리고 애교스러움 같은 것들이었다. 우리도 지금의 너희와 정말 별다르지 않았을 거야.

나는 너와 퍽 닮았었지. 아마 지금 내가 느끼는 것보다 훨씬 더 닮았을지도 몰라. 플랑티에 이모는 지금의 쥘리에트와 아주 비슷했었지. 그래, 몸맵시조차도 말이야."

외삼촌은 쥘리에트를 돌아다보면서 덧붙여 말했다.

"가끔 네 목소리를 들으면 꼭 네 이모가 거기 있는 듯싶을 때가 있어. 네 이모도 너와 같은 미소를 짓곤 하셨단다. 그리고 잠깐 동안이었지만 꼭 너처럼, 가끔 아무것도 하지 않고 의자에 앉아서는 팔꿈치를 무릎 앞에다 짚은 채 깍지 낀 두 손을 이마에 대고는 가만히 있곤 했었지."

미스 애슈부르통은 나를 돌아다보더니, 거의 소곤거리는 듯한 음성으로 말했다.

"네 어머니 모습을 지니고 있는 건 알리사야."

그해 여름은 눈부시도록 아름다웠다. 온갖 것에 푸른 하늘이 스며 있는 듯싶었다. 우리의 열정은 죽음도 불행도 이겨 냈다.

어두운 그림자는 우리 앞을 지나갔다. 아침마다 새로운 기쁨이 나를 깨워 주었다. 동이 틀 무렵부터 일어나 해를 맞으러 뛰어나갔다. 지금도 그 무렵을 생각해 보면 이슬에 흠뻑 젖어 있던 새벽이 눈앞에 떠오른다.

늦게까지 자지 않는 게 버릇이었던 언니에 비해 일찍 일어나는 쥘리에트는 나와 함께 정원으로 내려가곤 했다. 그녀는 언니와 나 사이에서 전달자가 되어 있었다. 나는 그녀에게 끊임없이 우리의 사랑 이야기를 들려주었지만, 그녀는 내 이야기를 싫증도 내지 않고 잘 들어 주었다.

알리사 앞에서는 감정이 벅차올라 노상 망설여지고 꺼려져서 말하지 못하던 것도 쥘리에트에게는 곧잘 털어놓았던 것이다. 알리사는 나의 이런 철없는 짓을 짐작하는 듯싶었으나, 우리가 말하는 것이 그녀에 관한 얘기임을 도무지 모르는지 모르는 척하는지, 아무튼 내가 자기 동생과 아주 신이 나서 이야기하는 것이 재미있는 모양이었다.

오, 사랑의 미묘한 표리(表裏)여, 벅찬 사랑의 미묘한 표리여!

어느 숨겨진 길을 거쳐 너는 우리를 웃음에서 눈물로, 가장 천진스러운 환희에서 엄격한 덕성에 관한 요구로 이끌어 갔는가!

그 여름이 그토록 맑고 그토록 매끄럽게 지나갔기 때문에 지나가 버린 그 하루하루에 관해서 이제 나의 기억은 거의 아무것도 잡아낼 수 없다. 그 무렵에 있었던 일로 기억하는 것은 오로지 이야기와 독서뿐이었다.

방학이 끝날 무렵 어느 날 아침, 알리사가 내게 말했다.

"난 슬픈 꿈을 꾸었어. 난 살아 있는데, 네가 죽어 버렸어. 아니, 네가 죽는 걸 본 게 아냐. 그저 네가 죽어 버렸다는 거야. 몹시 무서웠어. 그렇지만 그런 일이 어디 있을 법이나 해? 그래, 난 네가 그저 여기 없는 거라고 마음먹기로 했어. 우리가 떨어져 있더라도 나는 꼭 너를 따라가서 함께 있을 수 있는 길이 있다고 생각했어. 어떻게 하면 그 길을 알아낼 수 있나 하고 몹시 애를 쓰는 바람에 그만 잠이 깨어 버렸어. 아침이 되어서도 그 꿈이 눈에 선했어. 마치 그 꿈을 계속 꾸고 있는 것 같았어. 아직도 너와 떨어져 있고, 앞으로도 오래오래……."

그녀는 아주 나지막한 소리로 계속 말을 이었다.

"평생 너와 떨어져 있게 되는 것 같았어. 그리고 평생 몹시 애를 써야 할 것 같았고……."

"무엇 때문에?"

"우린 저마다 서로를 만나기 위해서 몹시도 애를 써야 할 것 같았어."

나는 그녀의 말을 심각하게 받아들이지는 않았다. 아니, 심각하게 받아들이기를 두려워했다. 그녀의 이야기에 반박하려는 것처럼 가슴을 몹시 두근거리면서, 나는 갑자기 용기를 내어 말했다.

"그건 그렇고, 나는 말이야…… 오늘 아침에 꿈을 꿨는데 내가 어찌나 너하고 결혼하려 드는지……. 아무것도, 죽음 이외의 어떠한 것도 우리를 떼어 놓지 못할 것 같던데……."

"제롬, 넌 죽음이 우리를 떼어 놓을 수 있다고 생각하니?"

그녀가 내 말을 받았다.

"말하자면……. 내 생각엔 죽음이 오히려 더 가깝게 해 줄 수도 있을 것 같아. 생전에는 떨어져 있던 것도 가깝게 해 줄 수 있을 것 같아."

이 모든 말이 어찌나 우리 마음에 깊숙이 배어들었는지, 나는 지금도 그 말의 억양까지 생생하게 들리는 듯싶다. 그러나 나는 그 말이 지닌 중대한 뜻을 훨씬 나중에야 깨닫게 되었다.

여름은 끝나 가고 있었다. 벌써 들판은 텅 비었고, 시야는 한결 훤하게 넓어졌다. 내가 떠나기 전날이었을 것이다. 아니, 그전날 저녁, 나는 쥘리에트와 함께 아래 정원의 작은 숲으로 내려가고 있었다.

"어제 알리사한테 들려준 시가 뭐였어?"

그녀가 물었다.

"언제 말이야?"

"그 폐광이 되어 버린 터에 있는 벤치에서 말이야. 둘만 남겨 놓고 우리가 먼저 와 버렸을 때 말이야."

"아, 보들레르의 시 구절이었을걸……?"

"어떤 건데? 나한테는 말해 주고 싶지 않은 모양이지."

"머지않아 차가운 어둠 속에 우리는 잠기리니……."

나는 별로 내키지 않는 기분으로 시를 읊기 시작했다. 그런데 그녀가 대뜸 나를 막으면서 떨리는 목소리로 다음을 이었다.

"잘 자라, 너무도 짧은 우리들 여름의 힘찬 빛이여!"

순간, 나는 너무나 놀라서 부르짖었다.

"아니, 너도 알고 있니? 넌 시 같은 건 좋아하지 않는 줄 알았는데……."

내 말에 그녀는 웃으면서 그러나 좀 어색한 듯이 말했다.

"왜? 오빠가 나한테는 시를 들려주지 않아서? 오빤 가끔 나를 아주 바보로 아는 것 같아."

"아주 머리가 좋은 사람도 시를 좋아하지 않는 경우는 많아. 난 한 번도 네가 시 이야길 하는 걸 들은 적이 없었어. 또 너도 나한테 시를 들려 달라고 부탁한 적이 없고 말이야."

"그거야 알리사가 도맡고 있는걸."

그녀는 잠시 말이 없더니 이내 불쑥 물었다.

"떠나는 게 모레지, 오빠?"

"그래야 될 것 같아."

"올겨울엔 뭘 할 거야?"

"고등 사범 일 학년이 되어야지 뭐."

"알리사하고는 언제 결혼할 건데?"

"병역을 마치기 전엔……. 그리고 장차 내가 하고 싶은 것을 좀 더 잘 알기 전엔 하지 않을 셈이야."

"오빤 아직까지 그걸 몰라?"

"아직은 알고 싶지도 않아. 흥미를 끄는 게 너무 많아서 말이야. 선택해서 어떤 것에만 매달려야 하는 시기를 될 수 있는 대로 미루어 두는 거야."

"약혼을 미루는 것도 생활이 고정될까 두려워서야?"

나는 아무 대꾸 없이 어깨를 들썩였다.

그러자 그녀는 따지듯이 물었다.

"그럼, 뭣 때문에 약혼을 망설이고 있어? 왜 당장에 약혼해 두지 않는 거지?"

"그렇지만 꼭 약혼해 두어야 할 까닭은 뭐니? 세상 사람들에게 알리지 않더라도 우리가 서로의 것이고 또 앞으로도 영원히 서로의 것이라는 것만 우리가 알고 있으면 그만이잖아? 내가 내 삶을 이토록 알리사에게 바치고 싶어 하는데 말이야. 내 애정을 약속 따위로 묶어 놓을 필요가 어디 있어? 난 그렇게 생각하지 않아. 맹세 같은 건 애정에 대한 모욕으로 느껴진단 말이야. 내가 알리사를 믿고 있는 한 나로선 약혼해 두고 싶지 않아."

"내가 못 믿는 건 알리사가 아녜요."

우리는 천천히 걷고 있었다. 요전에 내가 뜻하지 않게 알리사와 그녀 아버지가 하는 이야기를 엿들었던 정원의 그 장소에 이르렀다. 좀 전에 정원 쪽으로 나가던 알리사가 어쩌면 그때쯤 그 둥그런 길 갈림터에 앉아 있을지도 몰랐다. 그렇다면 우리가 하는 이야기를 그녀가 듣고 있을지도 모른다는 생각이 문득 떠올랐다.

알리사 앞에서는 감히 직접 할 수 없는 말을 그녀에게 들려줄 수 있을지도 모른다는 생각이 들자, 그것이 당장 내 마음을 유혹했다. 나는 내 꾀에 신이 나서 목소리를 높여 말했다.

내 나이 또래에서 흔히 볼 수 있는, 좀 과장된 감격을 넣어 소리쳤다. 내 자신의 말에만 너무 정신이 쏠려 있다 보니, 알리사가 쥘리에트를 통해 하지 않은 이야기가 무엇인지 미처 깨닫지 못했다.

"아아! 사랑하는 이의 영혼 위에 몸을 굽혀 그 영혼에 비치는 자신의 모습이 어떤 것인지, 마치 거울을 보듯이 그의 마음을 볼 수 있다면 말이야! 자기 자신처럼, 아니 자기 자신 이상으로 사랑하는 이의 마음을 읽을 수만 있다면, 얼마만 한 아늑함이 애정 속에 깃들까! 얼마만 한 순수함이 사랑 속에 깃들까!"

쥘리에트의 쓰라린 표정을, 이 값싼 시정이 자아낸 효과라고 생각한 것은 내 자만심이었다. 그녀는 갑자기 내 어깨 위에 얼굴을 파묻었다.

"제롬! 제롬! 정말로 꼭 알리사를 행복하게 해 줘. 혹시 오빠 때문에 알리사가 괴로워한다면 난 정말 오빠를 미워할 것 같아."

그 말에 나는 그녀를 끌어안고는 이마를 쳐들며 말했다.

"쥘리에트, 만약 그런 일이 생긴다면 내 자신부터가 나를 미워하고 말 거야. 그걸 네가 알아줬으면 좋겠어. 내가 아직 앞길을 서둘러 결정하고 싶지 않은 것은, 알리사와 더불어 시작하는 삶을 좀 더 좋게 시작하기 위해서야! 아무튼 나는 나의 앞날을 모두 알리사에게 걸고 있어! 알리사 없이 될 수 있는 것이 있더라도, 나는 그 어떤 것도 되고 싶지 않아."

"오빠가 이런 이야기를 하면, 알리사는 뭐라고 그러지?"

"이런 이야긴 알리사에게 전혀 하지 않은걸! 우리가 약혼을 아직 하지 않은 것도 역시 이 때문이야. 결코 결혼 같은 건 문제가 되지 않아. 또 그다음엔 무얼 할 것인가 하는 것도. 오, 쥘리에트! 알리사와 함께할 나의 삶이 얼마나 행복하게 그려지는

지, 나는 감히 말로 표현할 수가 없어. 쥘리에트, 이해하겠니? 그녀에게는 감히 이런 이야기를 할 수가 없어."

"오빠는 갑자기 알리사를 행복하게 해 주려는 거지?"

"아냐! 그게 아니지. 다만 난 두려워……. 알리사를 두렵게 하는 게 알겠니? 내 눈에 어른거리는 그 엄청난 행복이 알리사를 두렵게 할까 봐 두려워! 언젠가 알리사한테 여행하고 싶지 않느냐고 물어본 적이 있어. 알리사는 아무것도 바라지 않는다고 했어. 어떤 고장이 있고, 어떤 고장이 아름다우며, 사람들이 그곳에 갈 수 있다는 것을 아는 것만으로도 충분하다고 했어."

"오빠 여행하고 싶어?"

"방방곡곡으로! 인생이라는 것이, 내 생각엔 알리사와 더불어 읽을 책이며 만날 사람들이고, 그 여러 나라를 거쳐 가는 긴 여행 같아. 너는 닻을 올린다는 말이 무엇을 의미하는지 생각해본 적이 있니?"

"그럼, 여러 번 생각해 보았지."

그녀는 중얼거리듯 말했다.

그러나 나는 그녀의 말에 조금도 귀를 기울이지 않고, 그녀의 말이 마치 상처 입은 새처럼 땅에 떨어지도록 내버려 둔 채 다시 말을 이었다.

"밤에 떠난다. 먼동이 트는 눈부신 햇살 속에서 잠을 깬다. 불안한 파도 위에서 단둘이 있음을 느낀다……."

"그러곤 아주 어렸을 적에 지도에서 이미 보았던 어느 항구에 도착한다. 거기에서는 온갖 것이 낯설다……. 오빠 팔에 기댄 알리사하고 배에서 내리는 오빠 모습이 보이는 것 같아."

나는 웃으면서 쥘리에트의 말에 덧붙였다.

"우린 곧장 우체국에 가서 쥘리에트가 부쳐 준 편지를 찾고……."

"퐁그즈마르에서 부친 편지 말이지. 쥘리에트가 남아 있는 퐁그즈마르는 오빠와 언니에게는 아주 조그맣고 아주 쓸쓸하고 아주 까마득하게 여겨질 테지……."

이게 분명히 그녀의 말이었는지 나는 단언하지 못하겠다. 왜냐하면 다시 말하지만, 내 마음은 그토록 사랑으로 가득 차 있었기 때문에 사랑의 표현 말고는 어떤 이야기도 내 귀에 들리지 않았기 때문이다.

우리는 둥그런 길 갈림터 가까이에 다다랐다. 발길을 돌리려는 바로 그때 그늘에서 별안간 알리사가 나타났다. 안색이 얼마나 핼쑥했는지, 쥘리에트는 놀라 소리까지 질렀다.

알리사는 허겁지겁 중얼거리듯 말했다.

"몸이 몹시 좋지 않아. 바람이 차가워서 들어가려던 참이었어."

그렇게 말하고 나서 곧 우리 곁을 떠나 집 쪽을 향해 급하게 걸어갔다.

"우리가 한 이야기를 들은 게 분명해."

알리사의 뒷모습을 바라보고 있던 쥘리에트가 소리쳤다.

"그래도 알리사가 기분 상할 말은 없었잖아. 오히려……."

"가겠어요."

언니 뒤를 쫓아가면서 쥘리에트가 말했다.

그날 밤 나는 잠을 이루지 못했다. 알리사가 저녁 식사 때 모습을 보였지만, 식사가 끝나자 이내 머리가 아프다면서 자기 방으로 올라가 버렸다.

그녀는 우리가 한 이야기 중에서 무엇을 들은 것일까? 그래서 나는 우리가 나누었던 이야기를 걱정스럽게 되씹어 보았다.

그리고 내가 쥘리에트에게 너무 바싹 붙어서 걷고 있었던 것, 쥘리에트의 몸에 팔을 감고 있었다는 것이 잘못인지도 모른다는 생각이 들었다. 그렇지만 그런 것은 어렸을 적부터 그래 온 우리 버릇이 아닌가. 게다가 알리사는 이미 몇 차례나 우리가 그렇게 하고 걷는 것을 보지 않았던가.

아! 나는 가엾은 장님. 내 잘못을 그렇게 열심히 찾았으면서도, 내가 그토록 귀담아 듣지 않아 기억조차 할 수 없는 쥘리에트의 말을 알리사가 더 잘 들었을지 모른다는 생각은 어째서 단

한 번도 하지 않았는지 모를 일이다. 아아! 나는 얼마나 우둔한 장님이었던가.

그렇다고 설마 무슨 일이야! 불안으로 초조하고, 알리사가 나를 의심할지 모른다는 생각에 두려워진 나는 걱정과 불안함을 누른 채 이튿날 약혼을 해 버리기로 결단을 내렸다. 그런 결단을 내린 것은, 어쩌면 쥘리에트가 나에게 했던 이야기에 마음이 흔들렸기 때문인지도 몰랐다. 하지만 그것이 ― 쥘리에트에게 말을 했음에도 ― 또 다른 위험이 되리라고는 꿈에도 상상하지 못했다.

내가 떠나기 전날이었다. 알리사의 슬픈 얼굴도, 그 일 탓이라고만 생각했다. 그녀는 나를 피하는 것 같았다. 단둘이서 만나지도 못한 채 하루가 지났다. 털어놓고 말도 못하고 떠나게 되지 않나 하는 두려움 때문에, 나는 저녁 식사 시간 조금 전에 그녀 방으로 찾아갔다.

산호 목걸이를 걸고 있던 그녀는, 그것을 걸기 위해 몸을 세운 채 두 팔을 들고 문 쪽으로 등을 돌리고서, 켜진 두 촛대 사이에 있는 거울 속을 들여다보고 있었다. 그녀가 나를 본 것은 거울 속에서였다. 돌아다보지도 않고 그녀는 얼마 동안 거울 속의 나를 바라보았다.

"어머! 방문이 닫혀 있지 않았나 보지?"

그녀가 아무런 감정 없이 말했다.

"노크를 했는데 네가 대답을 안 했잖아. 알리사, 내가 내일 떠나는 건 알고 있어?"

그녀는 아무 대답도 하지 않으면서, 끝내 걸지 못한 목걸이를 난로 위에 올려놓았다. 약혼이라는 말이 너무나 직접적이고 거칠게 여겨져서, 나는 될 수 있는 대로 에둘러서 말했다.

말뜻을 알아들은 순간, 그녀는 휘청거리며 난로에 몸을 기댔다.

그런데 나 자신부터 어찌나 몸이 떨리던지, 그녀한테 눈 두기를 조심조심 피하고 있었다.

나는 그녀 곁에 있었다. 그리고 눈을 들지 않은 상태에서 그녀의 손을 쥐었다. 뿌리치진 않았지만, 그녀는 얼굴을 약간 숙이면서 내 손을 들어 올리더니 거기에 제 입술을 갖다 댔다. 그러고는 몸을 반쯤 내게 기댄 채 중얼거리듯 말했다.

"아냐, 제롬. 아냐, 약혼하진 말자. 제발……"

내 가슴이 심하게 뛰는 것을, 그녀도 분명 느꼈으리라 생각한다. 그녀는 한결 다정스럽게 말을 이었다.

"아냐, 아직은……"

내가 "왜?" 하고 묻자, 그녀는 오히려 되물었다.

"왜라니? 물어볼 사람은 오히려 내가 아닌가? 왜 이 상태를 바꾸려는 거야?"

나는 그 전날의 이야기에 관해 감히 말을 꺼내지 못했다.

그래도 그녀는 내가 그것을 생각하고 있다고 느낀 모양이었다. 그녀는 마치 내 생각에 대해 대답이라도 하는 것처럼 똑바로 나를 쳐다보며 이렇게 말했다.

"넌 말이야, 잘못 생각하고 있어. 내겐 그렇게 많은 행복이 필요하지 않아. 우리 이대로도 행복하지 않니?"

그녀는 미소를 지으려고 애를 썼다.

"행복하지 않지. 내가 너를 두고 떠나야 하니까."

"제롬, 오늘 저녁엔 너하고 이야기를 못하겠어. 우리의 마지막 시간을 망치지 말자. 정말 이러지 말자, 응? 난 언제나처럼 너를 사랑하고 있어. 안심해. 편지 쓸게. 이유도 설명하고. 편지 꼭 쓸게. 내일이라도……. 네가 떠나면 당장에라도. 이젠 가 봐! 어머나, 우는 것 좀 봐……. 제롬, 그만 가 줘!"

그녀는 나를 밀어젖히면서 부드럽게 몸을 뺐다. 그것이 바로 우리의 작별이었다.

그날 저녁 나는 그녀에게 한마디도 더 말을 하지 못했고, 이튿날 내가 떠날 적에도 그녀는 자기 방에서 나오지 않았다.

내가 탄 마차가 멀어져 가는 것을 바라보며 창가에 서 있는 그녀를 나는 보았다.

# 3

나는 그해에는 아벨 보티에를 거의 만나지 못했다. 그는 징집에 앞서서 자원입대를 했고, 나는 수사학 반에 도로 남아서 학사 시험을 준비했다. 아벨보다 두 살 아래인 나는 우리가 그해 입학할 예정이었던 고등 사범 학교를 졸업할 때까지 병역을 연기해 둔 상태였다.

우리는 다시 반갑게 만났다. 그는 군에서 나오자, 한 달 남짓 여행을 했다. 나는 그가 변하지나 않았을까 걱정했지만, 그는 좀 더 자신만만해졌을 뿐 여전히 그의 매력을 간직하고 있었다.

개학하기 전날, 뤽상부르 공원에서 함께 보낸 오후에 나는 내 속 이야기를 감추지 못하고 내 사랑 이야기를 다 털어놓고 말았다. 하긴 그는 이미 그 이야기를 알고 있었지만 말이다.

그해 여자 몇 명을 만난 경험이 있었던 그는 제법 선배인 척 굴었지만, 그렇다고 해서 내가 속상해할 일은 아니었다. 그는 소위 마지막 말을 적절한 때 내던지지 못했다고 빈정대면서, 여자가 제정신을 차리도록 해서는 안 된다는 것이 기본 원칙 가운데 하나라는 식으로 설명을 늘어놓았다.

말하는 대로 내버려 두긴 했지만, 나는 그의 훌륭한 이론이 나에게나 알리사에게는 도무지 부질없는 것이라고 생각했다.

그러면서 그가 우리를 잘 이해하지 못하고 있음을 스스로 드러내고 있을 따름이라고 결론지었다.

우리가 도착한 다음 날, 나는 알리사에게서 편지를 받았다.

그리운 제롬, 나는 네가 제의한 것을 곰곰이 생각해 봤어 ― 네가 제의한 것! '약혼'을 그렇게 일컫다니! ― . 내가 너에 비해 나이가 많은 것이, 난 두렵다.

너는 아직 다른 여자들을 사귈 기회가 없었기 때문에, 어쩌면 아직은 그렇게 생각하지 않을 거야. 그렇지만 내 생각엔, 내가 너의 것이 되고 나서 네 마음에 들지 못하는 나를 보게 된다면, 그건 무척 괴로운 일이 될 거야.

이 글을 읽으면서 아마 무척 화를 내겠지. 항변이 들리는 듯하다. 그렇지만 나는 네가 좀 더 인생을 알게 될 때까지 기다려 달라고 부탁하는 거야.

이런 말을 하는 것도 오직 너를 위해서라는 것을 이해해 주었으면 좋겠어. 나는 내가 너를 사랑하지 않게 될 일은 결코 없으리라고 확신하니까.

― 알리사

사랑하지 않게 된다고! 이런 것이 새삼스럽게 문제가 될 수

있을까! 나는 슬프다기보다는 오히려 놀라울 뿐이었다.

하도 기가 막혀서 아벨에게 그 편지를 보이려고 곧장 뛰어갔다.

"그래, 넌 어떻게 할 셈이니?"

입술을 꾹 다문 채 편지를 읽더니, 아벨은 머리를 흔들며 말했다.

불안과 비탄에 젖은 나는 두 손을 들고 말았다.

"답장은 보내지 않는 게 좋을 거야! 여자와 논쟁을 벌이기 시작하면 그걸로 끝장이니까……. 제롬, 토요일 밤을 르아브르에서 보내면 일요일 아침엔 퐁그즈마르에 닿을 수 있고, 월요일 첫째 강의 시간까지는 다시 돌아올 수 있어.

나는 군대에 들어간 뒤로 네 친척들을 전혀 만나 뵙지 못했으니까, 이것만으로도 찾아갈 핑계는 충분할 뿐더러, 나로선 인사를 차리는 셈이 되지. 혹시 알리사가 이것이 핑계에 지나지 않는다는 것을 알아채면 일은 더 잘되는 거야! 넌 알리사하고 이야기를 해. 난 그동안 쥘리에트를 맡을게. 제발 어린애 같은 짓은 하지 않도록 하란 말이야…….

솔직히 말하자면, 네 이야기 가운데는 납득이 안 되는 점이 더러 있어. 혹시 네가 다 털어놓지 않은 이야기가 있는 것 아냐? 하지만 상관없어! 내가 알아내고 말 테니까…….

무엇보다도 우리가 간다는 것을 알리지 마. 느닷없이 습격해야 네 외사촌 누이가 무장할 틈을 주지 않는단 말이야."

정원의 사립문을 밀 때 나는 사뭇 가슴이 두근거렸다. 쥘리에트는 우리를 맞으러 뛰어나왔다. 속옷을 넣어 두는 골방에서 일을 하고 있던 알리사는 바로 내려오지 않았다. 그녀는 우리가 외삼촌과 미스 애슈부르통과 함께 이야기를 하고 있을 때에야 비로소 응접실에 들어왔다. 느닷없는 우리의 도착이 그녀의 마음을 뒤흔들었다 해도, 그녀는 그런 내색을 조금도 하지 않을 줄 짐작했던 바였다.

나는 아벨이 했던 말을 떠올리고서, 그녀가 이토록 한참 동안 나타나지 않은 까닭이 바로 나에게 대항할 무장을 갖추려 한 것임이 틀림없다고 생각했다.

쥘리에트의 유난히 활기찬 태도 때문에 알리사의 차분한 태도가 한층 더 차갑게 보였다. 그녀는 내가 불쑥 돌아온 것을 못마땅하게 여기는 듯했다. 적어도 그녀는 못마땅하게 여긴다는 것을 자기의 태도로써 내보이려는 듯싶었고, 그 때문에 나는 그런 감정의 이면에 숨겨진 더욱 세찬 감정을 찾아내려 했던 용기가 스러졌다.

그녀는 우리에게서 꽤 떨어진 창가의 한 모퉁이에 앉아 수를 놓는 데만 잔뜩 정신이 쏠린 듯, 입술을 움직이며 바늘땀을 세고 있었다. 아벨이 이런저런 이야기를 열심히 했기 때문에 얼마나 다행스러웠는지 모른다. 왜냐하면 나로선 이야기를 할 기력도 없었고, 그가 군대 생활과 여행에 관한 이야기를 하지 않았다면 이 재회의 시간이 상당히 침울했을 것이기 때문이다. 외삼촌마저도 유난히 근심스러운 기색이었다.

점심을 마치자마자 쥘리에트가 나를 한쪽으로 부르더니 정원으로 끌고 나갔다.

"글쎄, 나한테 청혼을 하는 사람이 다 있대!"

바깥으로 나오자마자 그녀가 이야기를 시작했다.

"플랑티에 이모께서 어제 아버지한테 편지를 보내셨는데, 님므에서 포도 재배를 하는 사람의 청혼을 전하셨어. 이모께서는 대단히 훌륭한 사람이라고 말씀하셔. 올봄에 사교 모임에서 나를 몇 번 봤는데, 마음에 들었다나."

"너도 눈여겨보았니? 그 남자를……"

나도 모르게 그 청혼자에 대한 반감이 약간 섞인 어조로 물었다.

"그럼, 누군지 알지. 사람 좋은 돈키호테 타입이야. 교양도 없고 아주 못나고 천박한 데다 우스꽝스럽기까지 해. 그 사람만 대면하면 이모도 여느 때처럼 점잔만 빼고 있질 못해서."

"그래, 그 사람 가망 있어?"

나는 비웃는 조로 말했다.

"어머나, 제롬. 농담도! 그 사람은! 오빠가 한 번이라도 봤다면 그런 질문은 하지 않을걸?"

"그래서…… 외삼촌은 뭐라고 회답하셨지?"

"내가 대답한 바로 그대로야. 시집가기엔 너무 어리다고."

그녀는 웃으면서 덧붙였다.

"이모는 반대할 걸 빤히 넘겨보시고서 말이야, 편지 추신에다 뭐라고 쓰셨는지 알아? 에두아르 테시에르 씨는 — 이게 그 사람 이름이야 — 시기를 기다리는 것에도 찬성하며, 이렇게 서둘러 청혼하는 것도 다만 차례에 끼려고 하는 것뿐이라고 쓰셨어. 우습지 뭐야. 하지만 달리 어떻게 할 수가 있겠어? 아무래도 그 사람이 너무 못났다고 전해 달라고 할 수는 없잖아?"

"그럴 순 없지. 하지만 포도 재배업자에게 시집가고 싶지 않다고 할 수는 있겠지."

그녀는 어깨를 으쓱해 보였다.

"이모께 통하지 않는 이유뿐이로군. 이런 이야긴 그만하고, 알리사가 편지했어?"

그녀는 마치 장난치듯 물었지만 무척 흥분한 것 같았다. 알리사의 편지를 넘겨받은 그녀는 편지를 읽으면서 얼굴이 아주 새빨개졌다.

"오빠는 어떡할 거야?" 하고 그녀가 물었을 때, 나는 그녀의 목소리에서 노여워하는 기색을 읽어 낼 수 있었다.

"글쎄, 모르겠어. 막상 여기에 와 보니 차라리 편지를 하는 편이 더 손쉬웠을 것이라는 생각이 들어. 온 것을 벌써부터 후회하고 있어. 알리사가 무엇을 의도했는지 넌 알겠니?"

"내 생각엔 알리사가 오빠를 자유롭게 해 주고 싶어서 그런 것 같아."

"하지만 내가 뭐 그런 것을 바라고 있니? 그따위 자유를! 그럼, 알리사가 왜 그런 편지를 썼는지도 알겠구나?"

"몰라!" 하고 대답하는 투가 너무도 매몰찼다.

나는 비록 그 진정한 까닭을 짐작할 수는 없었지만, 순간 적어도 이 일을 쥘리에트가 전혀 모르고 있지는 않다는 생각이 뇌리를 스쳤다.

우리가 거닐고 있던 오솔길의 돌아가는 굽이에서 그녀는 갑작스럽게 발길을 돌리며 말했다.

"이젠 갈래. 나하고 얘기하러 온 건 아니잖아? 너무 오래 같이 있었어."

응접실로 다시 갔을 때 쥘리에트는 무심히 건반을 두들기는 듯하면서도 피아노 치기를 멈추지 않은 채 거기에 있던 아벨과

이야기를 하고 있었다. 나는 둘을 남겨 두고 나왔다. 그러고는 알리사를 찾으며 한참 동안 정원 안을 헤매 다녔다.

그녀는 과수원 안쪽 흙담 밑에서, 너도밤나무 숲의 낙엽 냄새에 자기 향기를 뒤섞으며 활짝 피어 있는 국화를 따고 있었다. 대기엔 가을이 함빡 스며 있었다. 햇살도 이제는 나무 울타리에 간신히 훈기를 던져 줄 뿐이었지만, 그 위로 트인 하늘은 동양적인 신비감을 지니고 있었다.

젤란드 식의 큼직한 모자로 거의 다 가려진 그녀의 얼굴은 마치 테를 두른 듯했다. 아벨이 여행 선물로 가져다준 모자를 당장에 써 본 것이었다.

다가가도 그녀는 모르는 척 고개를 돌리지 않았다. 그러나 억누르지 못하는 그녀 몸의 가벼운 떨림으로 보아 분명히 내 발자국 소리를 알아들었음을 짐작할 수 있었다. 그래서 나는 그녀의 꾸짖음과 그녀의 눈길이 나를 짓누를 준엄함에 벌써부터 대항하며 마음을 다잡았다.

그러나 아주 가까이까지 가서 내가 두려운 듯 걸음을 늦추자, 처음엔 얼굴을 돌리지 않더니 조금 뒤에 마치 토라진 어린애처럼 얼굴을 수그린 채 꽃을 가득 쥔 손을 등 뒤로 내밀면서 더 가까이 오라는 듯한 손짓을 했다.

그런데 오히려 그 손짓을 거스르며 내가 일부러 멈추어 서자,

그녀는 드디어 몸을 돌려 나에게로 몇 걸음 다가오면서 고개를 쳐들었다. 그녀의 얼굴 가득 미소가 실려 있었다.

그녀의 눈길이 미치자 온갖 것이 갑자기 다시금 단순하고 쉽게만 여겨졌기에 나는 변함없는 목소리로 힘들이지 않고 말문을 열었다.

"네 편지가 나를 다시 오게 했어."

"그렇지나 않을까 했어."

그녀는 이렇게 말하더니 이내 나무람의 말끝을 부드럽게 하며 말을 이었다.

"그래, 내가 언짢게 생각하는 것도 바로 그거야. 어쩌자고 내가 한 말을 나쁘게 받아들여? 전혀 아무렇지도 않은 일인데…… ─ 그러자 벌써 슬픔과 어려움은 정말로 나 혼자서 꾸며 낸 것일 뿐이고, 이젠 내 마음속에만 존재하는 듯싶었다 ─ . 너한테도 얘기했지만 우리는 이대로 행복하잖아. 그러니 상황을 바꾸어 보자는 의견을 내가 거절했다고 해서 깜짝 놀랄 게 뭐야?"

정말 그녀 곁에 있기만 하면 나는 행복하게 느껴졌다. 참으로 티 없이 행복한 느낌이었다. 나의 생각은 이제부터는 그녀의 생각과 조금도 다르지 않을 것만 같았다. 그리하여 나는 이미 그녀의 미소밖에는, 그리고 이렇게 꽃으로 둘러싸인 아늑한 오솔길을 그녀의 손을 잡고 거니는 것밖에는 아무것도 바라지 않게 되었다.

"네가 그러는 것이 더 좋겠다면……."

나는 단번에 다른 모든 희망을 포기하고 그 순간의 티 없는 행복에 몸을 맡기며 심각하게 말했다.

"약혼하지 말지 뭐. 편지를 받고서는 사실 내가 그때까지는 행복했지만, 이제부터는 행복하지 못하리라는 것을 동시에 깨달았어. 아아! 내가 가졌던 그 행복을 돌려줘! 나는 그 행복이 없으면 견딜 수가 없어. 일생 동안 기다리라고 해도 기다릴 수 있을 만큼 나는 너를 사랑해. 그래서 네가 나를 사랑하지 않게 된다거나 나의 사랑을 의심한다거나 하는 건, 알리사, 그런 생각만으로도 나는 참을 수가 없어."

"어머나! 제롬, 내가 어떻게 의심할 수 있겠어?"

이렇게 말하는 그녀의 목소리는 잔잔하고도 슬프게 들렸다.

환히 빛나는 미소가 변함없이 너무도 말갛고 고왔기 때문에 나는 내가 두려움을 품고 항변했던 게 부끄러워졌다. 그녀의 목소리에서 내가 느낀 슬픔조차도 어쩌면 나의 두려움 안에서 빚어져 나온 것인지도 모른다는 생각이 들었다. 밑도 끝도 없이 나는 나의 계획이니, 공부니, 그리고 얻을 바가 많을 것 같은 앞으로의 내 생활에 관해 이야기하기 시작했다.

그 무렵 고등 사범 학교는 최근의 풍속에 따라 변질된 그러한 학교는 아니었다. 몹시 규율이 엄격하기는 했지만 게으르거나 다루기 까다로운 학생들에게나 학교생활이 힘겨웠을 뿐, 나 같은 학생에게는 오히려 학구적인 의지를 북돋워 주는 그러한 분위기였다.

나는 거의 청교도적인 이런 관습이 사회에서 나를 지켜 준다고 여겼기 때문에 마음이 놓였고, 게다가 사회란 별달리 내 흥미를 끄는 것도 아니었고 알리사가 두려워한다면 대번에 나도 싫어할 만한 것에 지나지 않았다.

미스 애슈부르통은 파리에서 전에 어머니와 함께 살던 아파트에 그냥 머무르고 있었다. 파리엔 그녀 말고는 아는 사람이 없으니, 아벨과 함께 일요일이면 몇 시간이고 그녀 곁에서 보내리라. 일요일마다 알리사에게 편지를 써서 그녀가 나의 생활을 낱낱이 알게 하리라.

우리는 그때 열려 있는 온실의 유리창 틀에 걸터앉아 있었다. 거기엔 마지막 열매마저 따 버린 굵직한 오이 덩굴이 아무렇게나 뻗어 나와 있었다.

알리사는 내 이야기에 귀를 기울이며 연방 이것저것 캐물었다. 여태까지 한 번도 이보다 더 정성이 깃든 그녀의 다정함, 이보다 더 밀려드는 그녀의 애정을 느낀 적이 없을 정도였다. 두려움, 근심, 그리고 가장 가벼운 걱정마저도 마치 하늘의 티 없는 푸르름 속으로 사라져 버리는 안개처럼 그녀의 미소에 의해 증발되어 버렸고, 그 매혹적인 친밀감 속으로 빨려 들 듯 사라져 버렸다.

이윽고 쥘리에트와 아벨이 우리를 뒤쫓아 왔다. 우리는 너도밤나무 숲의 벤치에 앉아서 한 사람씩 번갈아 가며 스윈번의 '시대의 개가'를 한 절씩 되풀이해 읽었다. 그렇게 그날의 나머지 시간을 보냈다.

저녁이 왔다.

우리가 떠날 무렵, 알리사는 나에게 입을 맞추며 말했다. 반쯤은 장난 같기도 했지만 누님 같은 태도였다. 아마 지각없는 내 행동에 의해 유발된 태도로, 그녀는 일부러 그렇게 하는 것 같았다.

"자! 그럼 이제부터는 그렇게 공상적으로 되지 않겠다고 약속해 줘."

"제롬, 약혼했니?"

다시금 둘이만 남게 되자 아벨이 물었다.

"야, 그런 것은 이제 문제도 되지 않아."

나는 이렇게 대답하고서는 다른 일체의 질문을 딱 잘라 버리는 어조로 얼른 덧붙여 말했다.

"그리고 이대로 있는 편이 훨씬 좋아. 여태껏 오늘 오후처럼 행복했던 때는 결코 없었어."

"나도 그래."

그가 외쳤다. 그러고는 곧 느닷없이 내 목덜미를 끌어안으며 외쳐 댔다.

"기막히고 희한한 이야기를 해 줄까! 제롬, 난 쥘리에트한테 홀딱 반했어! 지난해에도 다소 그렇지 않았나 생각하고 있었어. 그런데 그 뒤로 내가 세상맛을 적잖게 봤고 해서 말이야. 네 외사촌 누이들을 다시 만나 보기 전에는 아무것도 너한테 말하지 않으려 했던 거야.

이제는 결판이 났어. 내 인생이 결정됐단 말이야. 나는 사랑하노라, 사랑한다기보다 나는 쥘리에트를 존경하노라! 그렇잖아도 난 오래전부터 너에게 무슨 동서와도 같은 정다움을 느끼고 있었던 것 같다."

그러고는 그는 장난을 치면서 팔을 벌려 나를 껴안고는 우리를 파리로 데려다 주는 열차의 좌석 위를 어린애같이 뒹구는 것이었다. 나는 그의 고백으로 잔뜩 숨이 막히기도 했지만, 거기에 섞여 있는 과장된 표현 때문에 다소 괴롭기도 했다. 하지만 이토록 벅찬 감격과 희열에 무슨 도리로 맞설 수 있겠는가.

"그래 어떻게 된 거야! 고백했어?"

쏟아져 나오는 이야기 사이를 비집고 간신히 물어보았다.

"원, 천만에! 역사의 가장 매력적인 대목을 그렇게 태워 버릴
순 없지."

그가 소리쳤다.

사랑의 가장 아름다운 순간은 "그대를 사랑하노라."라고 말
하여 버린 때가 아니니…….

"어때! 나를 꾸짖진 못하겠지, 느림보 대장이신 너로선 말이
야."

"하지만 아무튼. 네 생각엔 그 애가, 그 애 쪽에서도……."

나는 약간 초조해 하며 말을 받았다.

"아니, 나를 만났을 때 쥘리에트가 그만 어쩔 줄 몰라 하던 걸
알아채지도 못 했니? 우리가 거기 가 있는 동안 줄곧 그렇게도
들떠 있었고, 그렇게 자주 얼굴을 붉혔고, 그렇게 많은 얘기를
쏟아 내듯 주고받았는데 말이야!

그래, 너는 조금도 살피지 못했을 거야. 너야 뭐 정신이 온통
알리사한테만 쏠려 있었으니까…….

쥘리에트가 어떻게나 이것저것 캐묻던지! 어떻게나 내 말을
다소곳이 귀담아듣던지! 작년보다 굉장히 똑똑해졌어. 도대체
너는 그녀의 어떤 점 때문에 쥘리에트가 책 읽는 것을 좋아하지
않는다고 생각했는지 모르겠어. 너는 그저 책이라는 것은 알리

사를 위해서만 있는 것인 줄 알고 있단 말이야…….

쥘리에트가 별별 것을 다 알고 있는데, 정말 기가 막히더라. 저녁 먹기 전에 우리 둘이서 무엇을 하고 즐겼는지 아니? 단테의 칸초네[小曲集]를 암송하며 즐겼지. 둘이서 번갈아 가며 한 구절씩 읊는데 말이지, 내가 틀리면 그 애가 척척 고쳐 주는 거야.

너도 알지. Amor che nella mente mi ragiona! (내 마음을 가득 불러 주는 사랑의 마음이여!)

그 아이가 이탈리아 어를 배웠다는 것을 너는 말해 주지 않았잖아."

"나도 몰랐는걸."

나는 어지간히 놀라며 말했다.

"저런! 칸초네를 시작할 때, 쥘리에트는 네가 가르쳐 준 것이라고 하던데."

"아마 내가 알리사에게 읽어 주는 것을 들었던 모양이야. 쥘리에트는 우리 곁에서 바느질을 하거나 수를 놓으면서 우리가 하는 이야기를 듣고 있곤 했거든. 그렇지만 자기도 알고 있다는 눈치는 전혀 비치지 않았는데……."

"그랬을 거야! 알리사하고 너는 말이야, 아무튼 지독한 이기주의자거든. 자기네 사랑에만 잔뜩 열중해 가지고는 이러한 지성, 이러한 영혼이 찬탄할 만하게 꽃을 피우는 건 거들떠보지도 않았으니 말이야!

내가 나를 치켜세우는 것은 아니고, 아무튼 나는 때맞춰 나타
난 거야……. 너를 탓하는 것은 아니야. 너도 잘 알지?"

그는 다시금 나를 껴안으며 말했다.

"다만 이것만은 약속해 줘. 이 일에 관해서는 알리사에게 한
마디도 하지 않겠다고. 내 일은 나 혼자서 해결할 셈이니까 말
이야. 쥘리에트는 나에게 사로잡힌 게 틀림없어. 이다음 방학
때까지 이대로 내버려 두어도 괜찮을 거야. 그때까진 편지도 쓰
지 않을 생각이야. 그렇지만 신년 휴가가 되면 너하고 나는 르
아브르에 가서 방학을 지내고, 그러고 나서는……."

"그러고 나서는?"

"그거야 뭐, 알리사는 우리의 약혼을 알게 될 거야. 나는 그
모든 일을 신속하게 해낼 거야. 그러고 나면 어떻게 되는지 알
겠니? 너로서는 낚아채지 못하는 그 승낙을 말이야, 내가 모범
을 보임으로써 그 승낙을 얻어 주겠다 이거야. 우리 둘이서 알
리사를 설복하겠단 말이야. 너희 결혼 전에는 우리도 결혼할 수
없다고 말이야."

그는 줄곧 이야기를 계속하며 끊임없는 말의 흐름 속에 나를
잠겨 들게 했다.

그것은 기차가 파리에 도착했을 때에도, 고등 사범 학교에 돌

아왔을 때에도 그칠 줄을 몰랐다. 우리는 역에서 학교까지 걸어왔는데 아벨은 내 방까지 따라와서 아침이 다 되도록 그 이야기를 계속했다.

아벨의 열정은 현재와 미래까지도 자기 마음대로 할 수 있었다. 그는 우리 두 쌍의 결혼식을 미리 생각하고 그에 관해 이야기하는 것이었다.

저마다 어떻게 놀라고 기뻐할지를 상상하며 묘사하기도 했다. 또한 우리의 사랑, 우리의 우정 그리고 내 사랑에 있어서의 자기 역할 등을 이야기하며 그 아름다움에 도취하기도 했다.

나는 이토록 깊이 빠져 버린 그의 열정에 잘 대처하지도 못했고, 마침내는 그의 들뜬 기분에 동화되어 허무맹랑한 그의 제안이 주는 매력에 슬그머니 넘어가고 말았다. 우리의 사랑으로 인해 야망과 용기는 부풀어 오르기만 했다.

학교를 졸업하자마자 우리 두 쌍은 보티에 목사님에게 결혼을 축복받고서 넷이서 여행을 떠나리라, 그런 다음 우리는 곧 보람 있는 일을 할 것이며, 아내들은 기꺼이 우리의 협력자가 되어 주리라.

교수직엔 별로 마음이 없고 글 쓰는 소질만은 타고났다고 자신하는 아벨은 희곡 몇 편으로 성공을 거두어 여태까지 없던 재산을 삽시간에 모으리라. 이익보다는 학문 자체에 마음이 끌리는 나는 종교 철학 연구에 몰두해서 그 역사를 쓰리라…….

그러나 이제 와서 그 많은 희망을 불러 일으켜 본들 무슨 소용이 있겠는가?

그 이튿날부터 우리는 공부에 빠져들었다.


신년 휴가가 머지않은 데다, 지난번 알리사를 만난 뒤로 나는 잔뜩 신이 나 있었기 때문에 알리사에 대한 나의 믿음은 조금도 흔들리지 않았다. 마음속으로 기약했던 대로 나는 그녀에게 일요일마다 아주 긴 편지를 썼다.

다른 날에는 같은 반 친구들과도 떨어져서 다만 아벨이나 만나볼 뿐 늘 알리사 생각만 하면서 지냈고, 좋아하는 책을 볼 때도 내 자신이 거기에서 찾은 재미보다도 알리사가 추구함 직한 것을 으뜸으로 여기면서 그녀를 위한 표적을 가득 적어 놓곤 했다.

그녀에게서 오는 편지는 여전히 나를 불안하게 했다. 내 편지에 대해서 꽤 규칙적으로 답장을 해 주기는 했지만, 나를 따르려는 그 정성은 그녀 마음이 스스로 이끌려서라기보다 차라리 내 공부를 염려하는 마음에서 우러나오는 듯했다.

또한 감상, 토론, 비평 등이 나의 경우에는 생각하는 바를 나타내기 위한 수단에 지나지 않았음에 비해, 그녀의 경우에는 반대로 이런 것들을 자기 생각을 내게 숨기기 위한 방편으로 삼는 듯이 보였다. 간혹 나는 그녀가 장난으로 그렇게 하고 있지 않나 하는 생각을 하기도 했다.

그러한 것은 아무래도 좋다! 아무런 불평도 늘어놓지 않기로 굳게 마음먹은 나는, 그런 불안이 내 편지에서는 조금도 드러나지 않도록 했다.

12월이 저물어 갈 무렵, 아벨과 나는 르아브르로 떠났다. 나는 플랑티에 이모 댁에 머물기로 했다. 내가 도착했을 때 이모는 집에 없었다. 그런데 내가 방에 들어가서 앉자마자 하인이 오더니 응접실에서 이모가 기다리고 있다고 전해 주었다.

건강이니, 숙소 형편이니, 공부에 관해서 대강 들은 이모는 곧 이어서 배려라곤 전혀 없이 그 애정 어린 호기심이 이끄는 대로 물었다.

"여태 말하지 않았구나, 얘야. 퐁그즈마르에 가 있던 것이 만족스러웠는지 어땠는지 말이야. 일은 좀 진척됐니?"

이모의 서툰 애정 표현은 그저 꾹 참고 견뎌 내는 수밖에 도리가 없었다. 하지만 더없이 섬세하고 부드럽게 말했다 해도 내게는 거칠게 느껴졌을 텐데, 감정을 무심히 취급해 버리는 그러한 태도는 나에게 참으로 고통스러운 일이었다. 그렇지만 그 말이 다정하고 소박한 투로 말해졌기 때문에 화를 내거나 하는 일은 부질없는 것이었다.

그런데도 나는 대뜸 쏘아붙였다.

"아니, 지난봄엔 약혼하는 것이 너무 이르다고 말씀하지 않으셨어요?"

"그랬지. 나도 알고 있지. 처음에는 다 그렇게 얘기하는 거란다."

이모는 내 한 손을 잡아 당신 손 안에 꼭 쥐면서 전혀 거리낌 없이 말했다.

"그리고 너는 공부라든지 병역 문제 때문에 몇 해 안으로 결혼하지 못한다는 것도 잘 알고 있단다. 그렇기는 하지만, 내 생각으로는 오래 끄는 약혼이라는 것이 별로 좋지 않을 것 같구나. 그러면 처녀들이 지쳐 버리지……. 하긴 때때로 아주 감동적일 수도 있지만…….

그건 그렇고, 약혼은 반드시 공표해 두는 게 좋아……. 그렇게 해 두면 남들이 ― 물론 은근한 방식이긴 하지만 ― 더 이상 그 처녀에게 눈길을 둘 필요가 없음을 알게 되지. 또 너희끼리 편지를 보내거나 교제하는 게 더욱 떳떳해질 것이고…….

만약 너희 중의 누군가에게 청혼이 들어온다고 해도 그렇고 말이야. 그건 충분히 있을 수 있는 일이지."

이모는 미소와 더불어 그럴듯하게 빗대어 말했다.

"공표해 뒀으니까 은근히 대답할 수도 있지 않니……. '아뇨,

그렇게 하실 필요 없어요.' 하고 말이야. 쥘리에트한테도 청혼이 들어왔다는 건 알고 있지! 올겨울에 그 애는 무척 남의 눈에 띄었거든. 그 애는 아직 나이가 좀 어리지만, 그 애가 그 청혼에 대해 대답한 것도 이 말이었어. 그런데 그 청년은 기다리겠다는 거야. 엄밀히 말하자면 이제는 청년이라고 할 만한 사람은 아니지……. 아무튼 훌륭한 신랑감이긴 해. 아주 틀림없는 사람이지. 내일이면 너도 만나 보게 될 거야. 우리 집의 크리스마스트리를 보러 올 참이니까. 인상이 어떤지 말해 주렴."

"모르긴 하지만 이모, 그 사람이 헛수고를 하는 게 아닐까요? 쥘리에트 마음엔 다른 사람이 있을지도 모르잖아요."

나는 아벨의 이름을 말하지 않으려고 무척 애쓰면서 말했다.

"응?"

설마 하는 듯이 입을 뾰족 내밀며 머리를 갸우뚱하고서 이모는 미심쩍어 했다.

"깜짝 놀라게 하는구나, 제롬. 만약 그렇다면 어쩌자고 그 애가 여태까지 그런 말을 하지 않았을까?"

더 말하지 않으려고 애쓰면서 나는 입술을 깨물었다.

"이런 참! 두고 보면 알 테지……. 쥘리에트, 그 애는 요즈음 좀 앓고 있단다. 그건 그렇고, 지금 문제는 그 애가 아니지. 그래! 알리사도 역시 참 귀여운 애지. 그런데 그 애한테 선언을 했니, 안 했니?"

너무도 어울리지 않는 '선언'이라는 야박스러운 말에 발끈하기는 했지만, 정면으로 질문을 받은 데다가, 거짓말을 잘 꾸며대지 못하는 나였기에 나는 얼버무리며 대답했다.

"네."

나는 얼굴이 화끈 달아오르는 것을 느꼈다.

"그러니까 뭐라고 하더냐?"

나는 고개를 숙였다. 대답하고 싶지 않았다. 그래서 더욱 애매하게 내키지 않는 어조로 말했다.

"약혼은 반대하더군요."

"알리사가 그렇게 말했단 말이지? 고 깜찍한 애가! 너희야 아무 때나 할 수 있는 거니까, 아무렴……."

이모는 외치듯이 말했다.

"아아! 이모, 이런 이야기는 제발 그만해요."

나는 말을 막으려 했으나 허사였다.

"그래, 그래. 그 애가 그렇게 한 것은 전혀 놀라운 일이 아니다. 그 애야 뭐 언제나 너보다도 지각이 있어 보였거든, 너의 외사촌 누이 말이다."

나는 그때 무엇 때문인지 모르게 — 필경 이렇게 따져 물은 것 때문에 짜증이 나서였겠지만 — 갑자기 가슴이 메어지는 것만 같았다.

　마치 어린애라도 되는 것처럼, 나는 마음씨 좋은 이모의 무릎 위에 이마를 비벼 대면서 흐느끼듯 부르짖었다.

　"이모, 그렇지 않아요. 이모는 알지 못하세요. 기다려 달라고 그녀가 청한 것은 아녜요……."

　"아니, 제롬! 그 애가 너를 싫어 하기라도 한단 말이니?"

　이모는 손으로 내 얼굴을 들어 올리며 따뜻하면서도, 측은히 여기는 어조로 말했다.

　"아니에요, 그런 게 아니에요. 분명히 그런 것은 아니에요."

　나는 서글프게 웃으며 머리를 흔들었다.

　"그 애가 이제는 너를 사랑하지 않을까 봐 두렵니?"

　"아아! 아니에요, 제가 두려운 것은 그런 게 아니에요."

　"얘야, 네 말을 내가 알아듣기를 바란다면 좀 더 분명하게 설명해 줘야 할 게 아니니."

　나는 내가 약한 마음에 이끌려 그것을 이모 앞에 드러내 버린 것이 부끄럽고도 서글펐다. 이모는 필경 내가 모호한 태도를 취하는 이유를 짐작할 수 없었을 것이다.

　그러나 만약 알리사가 거절한 이면에 어떤 숨겨진 이유가 있다면, 이모가 그녀에게 부드럽게 물어봄으로써 그 이유를 알아 내 줄 수도 있을 듯했다.

이모는 먼저 당신 편에서 그 이야길 꺼냈다.

"애야. 알리사가 내일 아침에 우리 집에 와서 나하고 같이 크리스마스트리를 꾸미기로 했으니까 말이야. 어떻게 된 영문인지 내가 당장에 알아보마. 그리고 네겐 점심때 알려 주마. 그러면 네가 걱정할 것은 아무것도 없다는 것을 깨닫게 되겠지. 틀림없이 그렇게 될 거야, 제롬."

이모는 한껏 다정하게 말했다.


나는 뷔콜렝 댁에 저녁 식사를 하러 갔다. 며칠 전부터 몸이 아팠다는 쥘리에트는 딴사람으로 변한 것 같았다. 그녀의 눈초리에는 적지 않게 표독스럽고, 또 거의 쏘아보는 듯한 표정이 깃들어 있었다. 그것이, 그녀를 그녀의 언니와 달라 보이게 했다.

나는 그날 저녁에 그 두 사람 가운데 누구와도 별달리 이야기를 하지 못했다. 나도 별로 그러기를 바라지 않았지만, 외삼촌이 피로해 보였기 때문에 식사를 마치자마자 곧 물러 나와 버렸다.

플랑티에 이모가 마련하는 크리스마스트리는 해마다 많은 아이와 친척을 모여들게 했다. 트리는 2층 층계참이기도 한 현관 어귀에 세워졌는데, 이 현관은 첫 번째 문간방, 응접실 그리고 찬장을 들여놓은 온실 비슷한 방의 유리문 들로 통하게 되어 있었다.

트리를 장식하는 일이 끝나지 않았기 때문에 내가 도착한 다음 날인 축제 날 아침, 알리사는 이모가 말한 대로 꽤 이른 아침부터 와서 여러 가지 장식, 조명, 과일, 과자, 장난감 등을 달아매는 일을 하며 이모를 거들었다.

나 역시 알리사 곁에서 이런 일을 거든다면 커다란 즐거움을 맛볼 수 있었겠지만, 이모가 그녀와 이야기를 나눌 기회를 줘야 했기 때문에 단념해야만 했다.

나는 그녀를 만나지 않고서 집을 나왔고, 아침 한나절 동안 불안한 마음을 억누르기 위해 애써야 했다.

쥘리에트를 다시 만나 보고 싶었기 때문에 나는 우선 뷔콜렝 댁으로 갔다. 그런데 아벨이 나보다 먼저 쥘리에트 곁에 와 있다는 말을 들었고, 두 사람이 결정적인 이야기를 하는 것을 방해할까 염려되어 곧 도로 나와 버렸다.

점심때까지 선창가와 거리를 헤매고 다녔다.

"이런 못난이!"

내가 돌아오자 이모가 외쳤다.

"그따위로 인생을 망치는 법도 다 있다니! 어제 네가 들려 준 이야기에는 도무지 이치에 닿는 말이라고는 하나도 없어……. 아무렴!

나는 뭉그적거리거나 뜸을 들이지 않고 단도직입적으로 말을 꺼냈어. 우리를 거드느라 고단해진 미스 애슈부르통을 바람 좀 쐬라고 내보내고 나서는, 알리사하고 단둘이 있게 되자마자 대뜸 무엇 때문에 올여름에 약혼하지 않는 거냐고 물었거든.

아마 너는 그 애가 난처해 했을 거라고 생각하겠지? 그 애는 조금도 당황하지 않더라. 그러고는 아주 침착하게 대답하는데, 무엇이라고 말했느냐 하면, 제 동생보다 먼저 시집가고 싶지 않다는 거야. 네가 그 애한테 솔직히 물어보았다면 나한테 말한 그대로 대답했을 텐데. 네가 혼자서 괴로워했던 까닭은 바로 여기 있는 거야. 그렇지 않니?

그것 보려무나. 얘야, 솔직하다는 것만큼 좋은 것은 없단 다…… . 가엾은 알리사는 또 자기 아버지를 떠나 있을 수 없다고 하더구나…… . 그야 뭐, 우리는 별별 이야기를 다 했으니깐. 그 애는 참 지각이 있어. 일찍부터 철이 들었던 거야.

그러고는 자기가 너한테 어울리는 사람인지 아직 잘 알 수 없다는 말도 하더라. 그리고 자기 나이가 너한테는 너무 많은 게 아닌가 두렵기도 하고, 차라리 쥘리에트 나이 또래의 여자가 바람직하지 않느냐고…… ."

이모는 계속 말했다. 그러나 나는 이미 귀를 기울이고 있지 않았다.

나에게 중요한 것은 다만 한 가지, 알리사는 제 동생보다 먼저 결혼하기를 싫어 한다는 것뿐이었다. 그런데 여기에는 아벨이 있지 않은가! 잘난 체하는 녀석의 생각이 옳았다.

'아벨이 우리 두 쌍의 결혼을 한꺼번에 성사시키겠구나.'

무척 단순한 것이기는 했지만, 그러한 사실이 밝혀짐으로써 내가 느끼는 동요를 최선을 다해 이모에게 숨길 수 있었다. 이모에게는 너무나도 당연한 일로 생각되는 것인 만큼, 나는 이모를 흡족하게 해 주기 위해 기뻐하는 모습만을 내보였다.

점심 식사를 마치자마자 나는 적당한 핑계를 대고 이모 곁에서 물러 나와 아벨을 만나기 위해 달려갔다.

"어때! 글쎄 내가 뭐라고 했어!"

내가 사실을 알려 주자마자, 그는 나를 껴안으며 부르짖었다.

"제롬, 오늘 아침에 내가 쥘리에트하고 한 이야기는 거의 결정적이었다고 확실히 말할 수 있어. 하긴 거의 다 네 이야기밖엔 하지 않았지만 말이야.

그런데 그 애가 너무 고단해 보이고 들뜬 것처럼 보이는 거야. 지나치게 깊이 들어가 그녀를 자극하거나 너무 오래 머물러서 그녀를 흥분시킬까 봐 두렵더라. 네 말을 듣고 보니 이 일은 다 됐어!

제롬, 단장(短杖)하고 모자를 가지고 올게. 혹시 도중에 내가 날아갈지도 모르니 한 번 붙잡아 줄 셈치고 뷔콜렝 댁 문간까지

만 따라와 줘. 난 지금 몸이 위포리온보다도 더 가벼운 것 같으
니까…….

　제 언니가 승낙하지 않는 이유가 오직 자기 때문이라는 것을
줄리에트가 알게 될 때, 그리고 그때 내가 그녀에게 청혼을 한
다면…….

　아아! 제롬, 나는 우리 아버지가 오늘 저녁에 크리스마스트
리 앞에서 행복에 겨워 눈물을 흘리면서 주님을 찬양하고, 무릎
꿇은 네 약혼자의 머리 위에 축복이 넘치는 손을 뻗으시는 것이
벌써부터 보이는구나.

　미스 애슈부르통은 탄식 속으로 증발해 버릴 것이고, 플랑티
에 아주머니는 속옷 속으로 가라앉아 녹아 버릴 거야. 그리고
온통 환하게 불이 켜진 크리스마스트리는 하느님의 영광을 노
래할 것이고, 성경에 나오는 산들처럼 손뼉을 칠 거야."


　크리스마스트리에 불이 켜지고, 아이들이랑 친척들과 친구
들이 그 둘레에 모여드는 것은 해가 질 무렵이나 되어야 했다.

　나는 아벨과 헤어지고 나자 불안과 초조로 가득 차서 일손이
잡히지 않았다. 그 때문에 기다림을 잊어버리려고 생 아드레스
의 절벽까지 산책을 나갔다. 그런데 그만 길을 잃어버려서 가까
스로 플랑티에 이모 댁으로 돌아왔을 때는 벌써 축제가 시작된

뒤였다.

현관에 들어서며 나는 알리사를 보았다. 그녀는 나를 기다리고 있었던 모양인지 얼른 내게로 왔다. 엷은 색 겉옷의 패어 있는 곳에는 오래된 자수정 십자가가 매달려 있었다. 어머니에 대한 기념으로 내가 준 것이었지만, 그녀가 그것을 걸고 있는 것은 처음 보았다.

초췌한 그녀의 얼굴과 그 괴로운 표정은 나를 가슴 아프게 했다.

"왜 이렇게 늦게 오니? 너한테 말하고 싶은 것이 있었는데……."

그녀는 억눌린 듯하면서도 다급한 목소리로 말했다.

"절벽에 갔다가 오는 길에 방향을 잃어버렸어……. 아니! 알리사, 몸이 어디 불편해?"

그녀는 입술을 파르르 떨며 자제심을 잃은 듯한 모습으로 얼마 동안 내 앞에 서 있었다. 벅찬 괴로움이 나를 억눌렀기 때문에 나는 감히 캐묻지를 못했다.

그녀는 내 얼굴을 끌어당기려는 듯이 내 목에 팔을 둘렀다. 그러고는 무엇인가를 말할 듯한 얼굴로 나를 바라보았다.

그런데 바로 그 순간 손님들이 들어왔다. 그녀의 팔이 맥없이 다시 아래로 떨어졌다.

"이제는 시간이 없구나."

그녀는 낮게 중얼거렸다. 그러고는 내 눈에 눈물이 가득 괴는 것을 보더니, 마치 그런 보잘것없는 변명이 나를 누그러지게 할 수 있다는 듯 내 질문에 눈길로 대답했다.

"아니야, 안심해. 그저 머리가 아픈 것뿐이야. 애들이 어찌나 법석을 떠는지……. 그래, 이리로 좀 피해 와 있었어. 이젠 그 애들 곁에 돌아가 봐야지."

그녀는 갑작스럽게 내게서 떨어져 갔다. 사람들이 떼 지어 들어오면서 나를 그녀에게서 떼어 놓은 것이었다. 나는 응접실에 가서 그녀를 또 만나리라 생각했다.

방 저쪽 구석에서 한 떼의 애들에게 둘러싸여 놀이를 설명해 주고 있는 그녀가 보였다.

그녀와 나 사이에는 여러 사람이 있었고, 내가 사람들에게 붙잡히지 않고 그녀에게 갈 수 있는 방법은 없을 것 같았다. 그 사람들과의 인사며 대화며, 그때의 내 상태로는 그러한 것이 불가능했다. 혹시 이 벽을 따라 살짝 빠져나간다면……. 나는 그렇게 할 요량으로 발길을 옮겼다.

정원으로 난 커다란 유리문 앞을 막 지나가려는데 나는 누구에게인지 팔을 붙잡혔다. 문간에 몸을 반쯤 숨기고서 커튼으로 몸을 가린 쥘리에트가 거기 있었다.

"온실로 가, 오빠. 꼭 말할 게 있어. 그쪽으로 혼자 가. 나도 곧

갈게."

그녀는 다급히 말한 다음, 얼른 문을 조금 열고 정원으로 달아나 버렸다.

무슨 일이 있었나? 나는 아벨을 다시 만나 보고 싶었다.

아벨이 무슨 말을 했을까?

현관으로 되돌아와, 나는 쥘리에트가 기다리고 있는 온실로 들어섰다.

그녀는 얼굴이 빨갛게 달아 있었다. 찌푸린 눈썹이 그녀의 눈초리에 날카롭고 괴로운 표정을 띠게 했다. 신열이라도 있는 듯, 그녀의 눈은 몹시 반짝였다. 목소리마저도 쉰 듯하고, 떨렸다. 무엇인지 분노 같은 것이 그녀를 흥분시키고 있는 것 같았다. 불안한 와중에도 나는 그녀의 아름다움에 놀랐고, 대단히 거북해졌다. 우리는 단둘이었다.

"알리사가 무슨 이야기를 했어?"

그녀가 물었다.

"겨우 두어 마디. 나는 아주 늦게야 돌아왔어."

"언니가 언니보다는 내가 먼저 결혼하기를 바란다는 것을 오빠 알고 있어?"

"응."

그녀는 뚫어지게 나를 쳐다보았다……

"그리고 언니가, 내가 누구에게 시집가기를 바라는지도 알고 있어?"

나는 잠자코 있었다.

"오빠야."

그녀는 부르짖듯이 말을 이었다.

"미친 소리!"

"그래!"

그녀의 목소리에는 절망과 승리감이 동시에 깃들어 있었다.

그녀는 벌떡 몸을 일으켰다. 아니, 일으켰다기보다는 몸을 온통 뒤로 젖혔다.

"지금 내게 남아 있는 길이 무엇인지 알겠어요."

정원 쪽 문을 열며 애매한 어투로 덧붙여 말하더니, 그녀는 등 뒤로 쾅 하고 문을 닫았다.

온갖 것이 내 머리와 가슴속에서 비틀거렸다. 관자놀이에 몰린 피가 펄떡이는 것을 느꼈다. 다만 하나의 생각만이 내 마음의 혼란을 막으려고 강하게 버티고 있었다.

'아벨을 찾자. 그러면 아벨은 이 두 자매가 한 괴상망측한 이야기를 설명해 줄 수 있을 것이다……'

그러니 내 뒤숭숭한 모습을 누구든지 알아볼 것 같아 응접실에 다시 들어갈 용기가 나지 않았다.

나는 밖으로 나왔다. 정원의 차가운 공기가 마음을 가라앉게 해 주었다. 나는 얼마 동안 그대로 있었다. 어둠이 내리고 바다 안개는 거리를 뒤덮고 있었다.

모든 나무들은 잎이 떨어진 채로 서 있었고, 땅과 하늘은 덧없이 황량해 보였다. 노랫소리가 들려왔다. 아마 크리스마스트리 둘레에 모여 선 아이들의 합창일 것이었다.

나는 현관으로 해서 다시 안으로 들어갔다. 응접실과 문간방의 문은 열려 있었다.

그때는 인기척이 사라진 응접실에서 쥘리에트와 이야기를 하고 있는 이모의 몸이 피아노 뒤에 반쯤 가려져 있는 것이 보였다. 문간방의 장식된 트리 둘레에는 손님들이 잔뜩 모여 있었다.

애들이 찬송가를 마친 때였다. 보티에 목사님이 트리 앞에서 무슨 설교 비슷한 이야기를 시작했다. 그분은 당신이 일컫는 바 '좋은 씨를 뿌리는 일', 즉 기회를 어떠한 상황에서도 놓치는 법이 없었다.

나는 불빛과 훈기가 역겨워서 도로 나가고 싶었다. 그때 나는 문에 기대어 서 있는 아벨을 보았다. 필경 조금 전부터 거기 있었던 것이리라.

그는 매섭게 나를 노려보고 있었다. 그러고는 서로 시선이 마주치자 어깨를 으쓱했다.

나는 그에게로 천천히 다가갔다.

"바보 녀석!"

그가 나지막하게 내뱉었다. 그러곤 갑자기 나를 툭툭 치며 말했다.

"아아! 이봐, 나가자. 좋은 말씀은 실컷 들었어!"

밖으로 나오자마자 그는 또다시 이렇게 내뱉었다.

"바보 녀석."

나는 말없이 그를 걱정스럽게 쳐다보았다.

"그 애가 좋아하는 것은 너란 말이야, 바보 녀석아! 그래, 너는 나한테 그런 것을 말해 줄 수도 없었니?"

나는 아찔했다. 더 알고 싶지도 않았다.

"없었을 테지. 당연하지! 나 혼자서는 그런 사실을 알아차릴 수조차 없었을 테니까!"

그는 내 팔을 움켜잡더니 미친 듯이 흔들어 댔다. 악다문 이 사이로 흘러나오는 그의 목소리는 몹시 떨리면서도 헐떡거렸다.

"아벨, 부탁이야."

나는 잠시 잠자코 있다가 역시 떨리는 목소리로 말했다. 그러고는 그가 나를 마구 끌고 성큼성큼 가려 하기에, 내가 말했다.

"이렇게 흥분하지만 말고 무슨 일이 있었는지 말 좀 해 봐. 나는 아무것도 몰라."

가로등 흐린 불빛 아래서 그는 느닷없이 나를 세우더니 내 얼굴을 찬찬히 뜯어보았다. 그러고는 와락 나를 끌어당기더니 내 어깨 위에 머리를 얹고서 흐느끼며 중얼거렸다.

"미안하다! 나는 바보야. 너보다도 더 사태를 똑똑히 볼 줄 몰랐어."

눈물이 그를 약간 진정시킨 듯했다. 그는 얼굴을 들더니 다시 걷기 시작하면서 말을 이었다.

"무슨 일이 있었느냐고……? 이제 와서 되새긴들 무슨 소용이 있겠니? 너한테도 말했지만 나는 아침에 쥘리에트와 이야기를 했어. 그 애는 오늘 따라 유난히 예쁘고 생기발랄했어. 난 그것을 나 때문이라고 생각했어. 알고 보니 그것은 우리가 네 이야기를 했기 때문이었어, 순전히."

"그때는 그런 줄을 짐작하지 못했어?"

"응, 전혀 아무것도. 하지만 지금은 아무리 작은 대목이라도 낱낱이 짐작이 가."

"잘못 생각하고 있지 않다는 것은 분명해?"

"잘못 생각한 거라고? 하지만 장님이 아니라면, 그 누구라도 그 애가 널 사랑한다는 걸 알아챌 거야."

"그래서 알리사가……."

"그래서 알리사가 자기를 희생하려는 거지. 자기 동생의 비밀을 알게 되자, 알리사는 자기 자리를 양보하고 싶어진 거야. 어때, 넌 이해하기 어려운 일은 아니겠지. 그래도 나는 쥘리에트에게 다시 이야기해 보고 싶었어.

내가 말을 꺼내자마자, 아니 내 말뜻을 알아듣기 시작하자자 그 애는 우리가 앉아 있던 긴 의자에서 벌떡 일어서더니 몇 번이나 되풀이하더라. '그럴 줄 알았어요.' 하고 말이야.

그러는 그녀의 목소리는 너무나 뜻밖이어서 믿을 수가 없다는 투였어."

"아아! 농담은 제발 그만해!"

"왜? 하긴 나도 정말 우스꽝스럽다고 생각해. 이 이야기는……. 그 애는 자기 언니 방으로 뛰어 들어갔는데 잠시 뒤 성난 목소리가 터져 나와서 깜짝 놀랐어.

쥘리에트를 다시 봐야겠구나 하고 생각하고 있는데, 잠시 뒤 그 방에서 나온 사람은 알리사였어. 알리사는 모자를 쓰고 있었는데, 나를 보고는 어색한 기색으로 지나치면서 재빨리 '안녕하세요?' 하더라……. 이것뿐이야."

"쥘리에트를 다시 보지 못했어?"

아벨은 조금 망설이다 대답했다.

"봤지. 알리사가 나가 버린 뒤에 나는 그 방문을 밀었어. 쥘리에트는 벽난로 앞 대리석 위에 팔꿈치를 세우고는 두 손으로 턱을 받친 채 꼼짝하지 않고 서 있더라. 뚫어지게 거울 속의 제 모습을 노려보면서 말이야.

내 기척을 알아채고는 돌아다보지도 않고, '제발 좀 혼자 있게 해 주세요.' 하고 소리 지르면서 발을 구르더군. 워낙 매몰차서, 나는 더 있지도 못 하고 나와 버렸지. 이게 다야."

"그럼, 이제는?"

"아아! 털어놓고 나니깐 기분이 한결 낫구나……. 그럼, 이제는? 글쎄 넌 이제부터 쥘리에트의 사랑 병을 고쳐야 할 거야. 내가 알리사의 마음을 잘못 알고 있는 게 아니라면 말이야. 그러기 전에는 알리사가 너한테 돌아오지 않을 테니까……."

우리는 꽤 오랫동안 잠자코 걸었다.

마침내 그가 말했다.

"돌아가자! 손님들도 이제는 다 갔을 거야. 아버지가 나를 기다리실지도 몰라."

우리는 되돌아왔다. 응접실은 과연 텅 비어 있었다. 문간방에서는 불이 다 꺼져 버린 트리 곁에서 이모와 그 두 소생들, 뷔콜렝 외삼촌, 미스 애슈부르통, 목사님, 외사촌 누이들과 퍽 우스꽝스러워 보이는 사나이가 한참 동안 이야기를 하고 있었다. 그를 본 적이 있지만 쥘리에트가 나에게 말해 주던 그 청혼자인줄은 몰랐었다.

그는 우리 가운데 그 누구보다도 몸집이 크고 다부지며 혈색이 좋았는데 거의 대머리였다. 우리와는 계급이 다르고, 사는 사회가 다르고, 태생이 다른 그 사나이는 우리 사이에 끼인 자신을 이방인인 것처럼 느끼는 듯했다.

그는 거추장스런 콧수염 아래로 처진 희끗희끗한 황제 수염의 꼬투리를 잡아당기거나 비비 꼬면서 초조해 했다.

현관은 문이 활짝 열린 채로 불도 켜져 있지 않았다. 둘이 소리 없이 들어섰기 때문에 아무도 우리의 기척을 알아채지 못했다. 순간, 오싹해지는 어떤 예감이 내 가슴을 죄었다.

"멈춰!"

내 팔을 움켜쥐며 아벨이 말했다.

그 순간 우리는 그 낯선 사나이가 쥘리에트에게로 다가가서는, 그녀가 시선을 돌리지도 않고 그저 방심한 채로 내맡긴 손을 잡는 것을 보았다. 캄캄한 어둠이 내 마음을 뒤덮었다.

"도대체 아벨, 지금 무슨 일이 일어나고 있는 거지?"

마치 아직도 깨닫지 못한 듯이, 또는 내가 잘못 봤기를 바라는 듯이 나는 힘없이 중얼거렸다.

"저런! 저 애는 제 몸값을 에누리해서 부르고 있는 거야."

그는 이 사이로 새어 나오는 듯한 목소리로 말했다.

"제 언니한테 지고 싶지 않은 거겠지. 하늘에서 전사들이 막

수갈채를 보내고 있을 게 틀림없어."

외삼촌이 나오더니 미스 애슈부르통과 이모에게 둘러싸여 있는 쥘리에트의 뺨에 입을 맞추었다. 보티에 목사님도 다가섰다…….

나는 한 걸음 앞으로 나섰다. 그때 알리사가 나를 보고 뛰어오더니 온몸을 떨며 말했다.

"제롬, 이럴 수는 없어. 저 아이는 저 사람을 사랑하고 있지도 않는걸! 오늘 아침에도 저 애는 그렇게 말했어. 말려 줘, 제롬! 오오! 저 애가 어떻게 되려고, 저 애가……?"

절망적으로 애걸하며 그녀는 나의 어깨에 매달렸다. 그녀의 고통을 덜어 주기 위해서라면 목숨이라도 내어 주고 싶었다.

트리 곁에서 갑자기 외침 소리가 들렸고, 웅성거림과 동요가 있었다. 우리는 그쪽으로 뛰어갔다. 쥘리에트는 의식을 잃고 이모 팔에 안겨 있었다. 저마다 다급히 그녀에게 몸을 굽혔다.

그래서 나도 그녀를 볼 수 있었다. 헝클어진 머리카락이 무섭도록 창백한 그녀의 얼굴을 뒤로 끌어당기는 듯했다.

그녀의 몸이 축 늘어져 있는 것을 보니, 이것이 결코 예사로 까무러친 게 아닌 것 같았다.

"아니야! 아니야!"

이모는 기겁한 뷔콜렝 외삼촌을 안심시키려고 큰 소리로 말했다.

보티에 목사님은 집게손가락으로 하늘을 가리키며 외삼촌을
위로하고 있었다.

"아니오! 아무렇지도 않을 것이오. 흥분한 탓이지요. 신경이
좀 발작을 일으킨 것뿐이지요. 테시에르 씨, 날 좀 거들어 줘요,
당신은 힘이 세니까. 내 방으로 올라갑시다. 내 침대에다……."

그러더니 이모가 당신 맏아들 쪽으로 몸을 굽히면서 귀에다
무슨 말을 하자, 그는 의사를 부르려는 듯 얼른 자리를 떠났다.

이모와 청혼자는 그들 팔에 안기어 몸이 반쯤 젖혀져 있는 쥘
리에트의 어깨 밑으로 손을 넣어 그녀를 받치고 있었다. 알리사
는 자기 동생의 발목을 들어 다정하게 껴안았다.

뒤로 떨어질 듯한 머리를 떠받치며, 흐트러진 머리카락을 쓸
어 모으면서 마구 입을 맞추고 있는 꾸부정한 아벨의 모습이 나
의 눈에 들어왔다.

방문 앞에서 나는 멈춰 섰다. 쥘리에트는 침대 위에 뉘어졌
다. 알리사는 테시에르 씨와 아벨에게 내가 알아듣지 못하는 몇
마디 말을 했다.

그녀는 두 사람을 문간까지 따라 나와서는 플랑티에 이모와
자기가 남아 있을 것이니, 자기 동생이 좀 안정할 수 있게 나가
달라고 당부했다.

아벨은 나의 팔을 움켜쥐고 밖으로, 어둠 속으로 이끌었다.

우리는 오래오래 거닐었다. 지향도, 기력도, 생각도 없이…….

4

오직 알리사에 대한 사랑만이 내 삶의 유일한 이유였기 때문에, 나는 그것에 매달렸다.

사랑하는 이에게서 나오는 것이 아니라면 아무것도 기대하지 않았고, 기대하고 싶지도 않았다.

그다음 날 그녀를 만나러 가려고 준비하고 있는데, 이모가 나를 불러 세우더니 자신이 방금 받았다는 편지를 내밀었다.

…… 쥘리에트의 극심했던 흥분 상태가 의사 선생님이 처방하여 주신 물약으로 아침 녘이나 되어서야 누그러졌어요. 앞으로 얼마 동안은 제롬이 부디 오지 않기를 바랍니다.

쥘리에트가 그 발자국 소리나 목소리를 알아들을 텐데, 지금 쥘리에트에게는 절대 안정이 필요하거든요.

쥘리에트의 병 때문에 아무래도 저는 당분간 집을 떠날

수 없을 것 같아요. 제롬이 떠나기 전에 제가 제롬을 만나지 못하게 되거든 나중에 편지할 거라고 말씀해 주세요, 고모.

이 금지령의 대상은 오직 나였다. 이모나 다른 사람은 뷔콜렝 댁의 초인종을 울리는 것이 자유였다. 더구나 바로 그날 아침에도 이모는 거기에 가실 것이었다.

'내 발자국 소리라고? 그 얼마나 얼토당토않은 핑계람……. 상관없어!'

"좋습니다. 가지 않기로 하지요."

알리사를 당장에 만나지 못한다는 것은 퍽 견디기 힘든 일이었다. 그렇기는 하지만 나는 그녀를 만나는 것이 두렵기도 했다.

자기 동생의 병을 내 탓으로 돌리고 있지나 않을까? 이것이 두려웠다.

그래서 난 화가 나 있는 그녀를 만나기보다는 차라리 만나지 않는 편이 낫다고 생각했다.

그래도 아벨만은 다시 보고 싶었다.

그의 집에 갔더니, 문간에서 하녀가 나에게 쪽지 하나를 전해 주었다.

네가 염려하지 않도록 한마디 남긴다.

이토록 쥘리에트 가까이, 르아브르에 머물고 있다는 것은 참을 수 없는 일이다.

간밤에, 나는 너와 헤어진 직후에 사잠프턴행 배표를 끊었다.

방학은 런던 S의 집에서 지내겠다.

학교에서 다시 만나자.


인간에게서 받을 수 있는 모든 도움은 한꺼번에 나를 저버렸다. 쓰라린 일밖에 남아 있지 않은 체류였기에 더 지체하지 않고, 나는 개학을 앞두고 있는 파리로 돌아왔다.

내가 눈길을 돌린 것은 하느님, '모든 진실을 위한 모든 은총, 그리고 모든 완전한 은혜가 비롯되는' 하느님께로였다. 내가 고행을 바친 것은 주님이었다.

나는 알리사도 역시 주께 안식을 구하고 있으리라 생각했고, 그녀도 기도하고 있으리라는 생각이 내 기도를 북돋았으며 열성적으로 은총을 간구하게 했다.

알리사에게 편지를 받는 일과 내가 그녀에게 편지를 쓰는 일 이외에는 별다른 사건 없이 명상과 공부를 하며 긴 시일을 보냈다.

나는 그녀의 편지를 모두 보관해 두었다. 나의 추억은 여기서부터 어렴풋해지기 때문에 이 편지들로 갈피를 잡게 된다…….

나는 이모를 통해 — 처음에는 이모만을 통해 르아브르 소식을 들었다 — 쥘리에트의 위험한 상태가 처음 며칠 동안 가족들에게 얼마나 큰 근심을 끼쳤는지 알게 되었다.

내가 떠나온 지 열이틀 만에야 비로소 나는 알리사에게서 짤막한 편지 한 통을 받았다.

좀 더 일찍 편지하지 않은 것을 용서해 줘, 그리운 제롬.

가엾은 쥘리에트의 병세가 도무지 편지 쓸 틈을 주지 않았어.

네가 떠난 뒤부터 나는 그 애의 곁을 거의 떠나지 않았어.

우리 소식을 전해 주십사 이모께 당부해 두었는데, 그렇게 해 주셨겠지.

너도 알고 있겠지만, 사흘 전부터는 쥘리에트도 나아지고 있어.

난 벌써부터 하느님께 감사드리고 있지만, 아직은 마음을 놓을 수도 기뻐할 수도 없어.

지금까지 그에 관해서는 별로 이야기한 바 없지만, 로베르는 나보다 며칠 뒤에 파리로 돌아와서 자기 누이들의 소식을 전해 주었다.

그녀들 때문에 나는 내 성향이 자연스럽게 나를 이끄는 이상
으로, 그를 보살펴 주었다.

그가 다니는 농업 학교가 쉴 때마다 나는 그를 찾아보았고,
그의 기분을 풀어 줄 궁리를 하곤 했다.

내가 알리사에게나 이모에게 감히 물어볼 수 없는 일은 그를
통해 알았다.

에두아르 테시에르는 쥘리에트의 경과를 알아보려 퍽도 꾸
준히 찾아왔으나, 로베르가 르아브르를 떠날 때까지도 쥘리에
트는 그를 만나려 하지 않았다는 것이다.

나는 또한 내가 떠나온 이래로 쥘리에트가 자기 언니 앞에서
완강하게 침묵을 지켰다는 것을 알았다.

그러고 나서 얼마 뒤에 이모를 통해서, 알리사가 — 내 짐작
이기는 하지만 — 당장에 깨어지기를 바랐을 쥘리에트의 약혼
을, 쥘리에트 자신이 하루바삐 공표하여 주기를 바라고 청했다
는 사실을 알았다.

약혼에 반대하는 충고도 명령도 탄원도 모두 물리쳐 버린 그
결심이 쥘리에트의 이마에 아로새겨졌고, 그녀의 눈을 가려 버
렸으며, 그녀를 침묵 속에 가두었던 것이다.

세월은 지나갔다.

나는 알리사에게서, 하기는 나도 그녀에게 무엇이라고 편지

를 할지 몰랐지만, 실망스러울 정도로 짤막한 편지밖에는 받아
보지 못했다.

짙은 겨울 안개가 나를 휩싸고 있었다. 학업의 빛도, 그리고
나의 사랑과 나의 믿음에 대한 모든 열정도, 아아! 나의 마음에
서 어둠과 추위를 거두어 가지는 못 했다.

세월은 지나갔다.

그러고 난 뒤 뜻하지 않은 어느 봄날 아침, 알리사가 이모에
게 부친 편지를 — 그때 마침 이모는 르아브르를 떠나 있었다
— 이모가 나에게 전해 주었다. 그 편지 중에서 내 사정을 밝혀
줄 수 있는 부분을 적어 보겠다.


…… 고분고분한 저를 칭찬해 주세요. 고모가 시키시는 대
로 테시에르 씨에게 오시도록 청했습니다. 그분과 한참 동안
이야기를 나누었어요.

이야기를 통해서 나무랄 데 없는 사람이라는 것도 알게
되었어요. 사실대로 말씀드리자면, 이 결혼이 제가 처음에
두려워했던 것처럼 불행하게 되지는 않으리라는 것도 거의
믿게 된 정도예요.

분명히 쥘리에트가 그분을 사랑하고 있지는 않지만, 날이
갈수록 점점 그분이 사랑받을 가치가 있는 사람이라고 생각

한답니다. 그분은 이번 일의 형편에 관해서도 정확하게 보고 있고, 쥘리에트의 성격도 잘못 보고 있지는 않아요.

그분이 쥘리에트를 향한 자신의 사랑에 대해 대단한 확신을 가지고 있기 때문에, 그분의 꾸준한 마음이 이겨 내지 못할 것은 아무것도 없다는 생각이 들어요. 말하자면, 그 사람은 쥘리에트에게 정신없이 빠져 있는 거예요.

또한, 저는 제롬이 그렇게 로베르를 보살펴 준다는 것을 알고 말할 수 없이 고마웠어요. 제롬이 의무감 때문에 그렇게 하고 있는 것 같기는 하지만요.

로베르의 성격이 제롬의 성격과는 별로 닮은 점이 없으니까요 — 그리고 아마 저를 기쁘게 해 주려고 그러는 것도 같아요 — 그렇지만 결국 제롬도 아마 받아들이는 의무가 벅차면 벅찰수록, 의무가 영혼을 가꾸어 주며 향상시킨다는 사실을 깨달았을 거예요.

이건 대단히 숭고한 생각이죠? 만조카딸을 두고 너무 웃으시진 마세요. 왜냐하면 쥘리에트의 결혼을 좋은 일이라고 생각하려고 애쓰는 저를 뒷받침해 주고 도와주는 생각이 바로 이러한 것이기 때문이에요.

고모, 고모의 정다우신 염려가 얼마나 저에게는 고마운지 몰라요. 그렇지만 제가 불행하다고는 생각하지 마세요. 오히려 그 반대라고 말씀드리고 싶어요. 왜냐하면요, 쥘리에트를 휩쓸고 간 시련이 제 마음속에서 반향을 일으켰거든요. 잘 이해하지도 못 한 채 되풀이해 읽던 성경의 이 말씀이 갑자기 저를 환히 밝혀 주더군요.

'사람을 믿는 자는 불행하니라……'

성경책에서 이 말씀을 찾아내기 훨씬 전에, 저는 이 말씀을 — 제롬이 채 열두 살도 되기 전, 제가 갓 열네 살이 되던 해에 — 제롬이 저에게 보냈던 자그마한 크리스마스카드에서 읽은 적이 있어요.

그 카드에는 그 무렵의 저희에게 무척 아름답게 보였던 꽃다발 그림 곁에 코르네이유의 주석이 달린 이런 시구가 적혀 있었어요.


이 세상 그 어떤 불가항력의 힘이
오늘 나를 주께로 이끄는 것인가?
인간의 무리 위에
지주를 세우는 자는
불행하도다!


사실을 말씀드리자면 저는 이 시구보다 예레미야의 그 산결한 구절을 훨씬 좋아합니다. 필경 제롬도 그 당시에는 이 구절에 별다른 주의를 하지 않은 채로 카드를 고른 것이겠죠.

그렇지만 요즘 제롬의 경향은 저와 무척 비슷해요. 그래서 저는 날마다 하느님께 우리 두 사람을 그렇게 가깝게 만들어 주신 것에 관해 감사드리고 있답니다.

고모, 저는 제롬에게 그전처럼 기다란 편지를 하지 않기로 했어요. 공부하는 제롬을 방해하지 않으려고요. 제롬에 관한 이야기를 함으로써, 제가 그 아이에게 편지 못하는 것을 보상받으려 한다고 고모께서 생각하실는지도 모르겠네요.

자꾸만 쓰게 될까 봐 이만 그치겠어요. 이번만은 너무 꾸중하시지 마세요, 네?


이 편지가 나에게 무엇을 암시하였던가. 나는 이모의 경솔한 참견, 알리사가 슬쩍 비친 그 이야기, 그녀로 하여금 나에게 침묵을 지키도록 강요한 그 이야기란 무엇이었을지가 궁금했다.

그리고 나에게 이 편지를 전해 주도록 이모를 충동한 그 어색한 친절을 저주했다.

벌써부터 내가 알리사의 침묵을 견딜 수 없는데, 아아! 그녀가 이제는 나에게 하지 않는 말을 다른 누군가에게 써 보내고 있다는 사실을 차라리 모르게 해 주는 편이 좋지 않았을까?

생각이 여기에 이르자 모든 것이 나를 짜증 나게 했다.

둘 사이의 그 사소한 비밀을 이렇게도 쉽게 이모에게 이야기하다니!

게다가 그 천연덕스러운 어조, 그 침착함, 그 진지함, 그 명랑한 어투…….

"그렇지 않대도 그래, 이 불쌍한 친구야! 이 편지는 알리사가 너한테 부치지 않았다는 점만 제외하면 너를 짜증 나게 하는 것은 조금도 없어."

아벨이 말했다.

그는 내 일상생활의 단짝이었고, 성격 차이가 있었음에도 아니 오히려 그 차이 때문에 더욱더 아벨에게만은 여러 가지 이야기를 할 수 있었다. 내가 외로워서 마음이 약해졌을 때, 울고 싶도록 동정을 구할 때, 스스로에 대해 불신할 때, 그리고 내가 난감한 처지에 놓였을 때 그가 하는 충고에 대한 내 신뢰가 언제나 나를 그에게로 기울게 했다.

"이 편지나 좀 연구해 보자."

그는 편지를 자기 책상 위에 펼치며 말했다.

이미 사흘 밤이 나의 노여운 마음 위를 지나갔고, 나는 그 노여움을 나흘이나 가슴 깊이 간직하고 있었다. 그래서 나는 아벨이 하는 이야기에 자연스럽게 끌려 들어갔다.

"쥘리에트와 테시에르, 이 한 쌍쯤은 사랑의 불길 속에 내던져 버리자꾸나. 그렇잖니? 사랑의 불길이 어떠한 건지 너나 나나 너무 잘 알지 않아? 테시에르야 그 불길 속으로 뛰어들어 타 죽을 나방인 셈이지."

"그런 이야기는 집어치우고, 남은 문제를 살펴보자."

나는 그의 농담이 거슬려 얼른 말했다.

"남은 문제…." 하고 그가 말을 시작했다.

"남은 문제야, 모두 너에 관한 것이지 않니? 한탄할 것이 있으면 한탄해 보렴, 원! 너에 대한 생각이 넘치지 않는 것이라고는 단 한 줄, 단 한 마디도 없잖아.

편지 사연이 온통 너한테 부친 것이라고 말할 수 있을 정도가 아니냔 말이야. 플랑티에 아주머니는 이 편지를 너한테 보내 주심으로써 결국은 편지가 원래 수신인한테로 돌아오게 하신 것 뿐이지.

최악의 경우, 알리사가 네 이모에게 그 편지를 부칠 수밖에 없었던 것은 모두가 네 탓이야. 도대체 네 이모한테 코르네이유의 시구가 무슨 소용이 있겠니. 말이 났으니까 말이지만, 이것은 라신의 시(詩)지만. 알리사와 함께 이야기하고 있는 사람은 바로 너란 말이야.

그녀는 그 모든 것을 너한테 써 보낸 것이라니까. 앞으로 두

주일 내에 네 외사촌 누이가 너한테 이만큼 길고 거리낌 없고 기분 좋은 편지를 하지 않는다면 말이야. 너는 정말로 바보일 수밖에 없어."

"알리사에게 그런 일을 바랄 수는 없어⋯⋯."

"알리사가 어떻게 하는가는 너에게 달려 있을 뿐이야! 내 의견 좀 들어 볼래? 이제부터는⋯⋯ 한참 동안, 너희 사이의 사랑이나 결혼에 관해서는 한마디도 비치지 마.

자기 동생은 그 일 이후로⋯⋯. 알리사가 원망을 품고 있는 것이 바로 그 일이라는 것을 너는 모르겠니?

그러니 이제부터는 알리사가 동생을 생각하는 그 애정이라는 측면에서 공작을 하고, 꾸준하게 로베르에 관해서만 써 보내란 말이야. 네가 그 천치 녀석을 보살피는 데 참을성을 발휘하고 있으니까 말이야.

알리사의 마음을 그저 즐겁게 해 주는 일만 계속해 보라고. 나머지 일은 모두 저절로 따라올 거야. 아아! 편지를 하는 사람이 나였다면⋯⋯."

"너는 그 애를 사랑할 자격이 없는걸."

그러면서도 나는 아벨의 의견을 따랐다. 그러자 곧 알리사의 편지는 다시금 생기를 띠기 시작했다.

그러나 나는 쥘리에트의 행복, 아니 행복이라고는 할 수 없어

각하는 나의 기쁨 앞에서 일시에 사라져 버렸어.

여기에 다시 적으면서도, 마치 너와 함께 다시 읽는 듯해.


불멸하는 지혜의 목소리

울리며 우리를 가르치노니

인간의 자식들아, 너희의 심려(心慮)가

맺는 열매는 무엇이뇨?

허황한 영혼들아, 그 무슨 잘못으로

너희 핏줄의 가장 맑은 피로

그리도 자주 사들이는가,

너희를 기르는 빵이 아니요,

전보다 한층 더 굶주리게 하는

한 줄기 그림자뿐인 것을.


내가 너희에게 권하는 이 빵은

천사들의 양식이거니와

주께서 손수 밀알의 정수(精髓)로

만들어 내시는 양식이로다.

이토록 향기로운 이 빵이야말로

너희가 따르는 세상의 무리는

결코 식탁에 올리지 않는 것.
나를 따르는 자에게 주리라.
가까이 오라. 살기를 원하느뇨?
들라, 먹으라, 그리고 살라.

......

복되어라, 사로잡힌 영혼은
주의 굴레 안에서 평화를 찾으며
영원토록 마를 리 없는
생명수로 목을 축일 것이니
누구나 찾아와 마실 수 있는 물
이 물은 온갖 중생을 부르노라.
그러나 우리는 미친 듯이 날뛰며
진흙 구덩이, 더러운 샘물이나
언제나 생명의 물이 흘러가 버리는
허황된 물웅덩이만 찾노니.

제롬, 얼마나 아름답니!
너도 나처럼 이 시를 아름답다고 생각할까?

내가 가지고 있는 판(版)에 달린 짧은 주(註)를 보면, 맹트 농 부인은 도말르 양이 부르는 이 송가를 들으면서 너무나도 감탄한 나머지 '눈물을 흘리면서' 이 곡의 일부를 되풀이해 부르게 했대.

나도 이제는 이 송가를 암송할 수 있는데, 아무리 읊어 보아도 싫증 나지 않아.

그저 하나 섭섭한 일은, 네가 이 송가를 읽는 것을 들어 보지 못했다는 거야.

신혼여행을 떠난 사람들이 보내오는 소식은 계속해서 좋은 소식뿐이야.

지독한 더위 속에서도 쥘리에트가 베이욘느와 비아리츠에서 얼마나 즐거워했는지는 너도 이미 아는 일. 두 사람은 그 뒤에 퐁다라비를 구경하고 뷔르고스에 머물렀다가 피레네 산맥을 두 차례나 넘었대…….

지금 몽세라에서 쥘리에트가 감격에 찬 편지를 부쳐 왔어.

포도를 수확할 준비를 해야 해서 9월 이전에 돌아올 작정인데, 님므에 돌아오기 전까지 열흘 정도 바르셀로나에서 머물 생각이래.

며칠 전부터 아버지와 나는 퐁그즈마르에 와 있는데, 미스 애슈부르통도 내일이면 오실 것이고, 로베르도 나흘 뒤에는 오기로 되어 있어.

그 애가 불쌍하게도 시험에 실패했다는 것은 너도 알고 있겠지? 시험이 어려웠다기보다는 시험관이 워낙 이상한 질문을 하는 바람에 그 애가 그만 당황했던 모양이야.

그 애가 열심히 공부한다고 네가 편지한 것도 있고 해서, 나는 로베르가 시험 준비가 안 되어 그리 되었으리라고는 생각할 수 없어. 아무래도 그 시험관은 학생들을 그렇게 골탕 먹이는 것이 재미있는 모양이야.

제롬, 너의 합격에 대해서는 새삼스럽게 축하한다고 말할 필요가 없겠지. 그만큼 나에게는 당연하게 여겨지는 일이니까. 나는 이렇게 너를 완전히 믿고 있는 거야.

제롬! 네 생각만 하면 내 가슴은 온통 희망으로 부풀어 올라.

전에 내게 이야기했던 그 연구를 당장에라도 시작할 수 있겠니?


······ 이곳 정원은 무엇 하나 변하지 않았어. 그렇지만 집 안은 아주 텅 빈 것 같아. 왜 내가 올해는 오지 말라고 당부했는지 이해할 수 있겠지? 그렇게 하는 편이 좋을 것 같아서 그랬어. 마음속으로 이 말을 날마다 되풀이하고 있어.

이렇게 오래도록 너를 만나지 않고 지내는 게 가슴 아파서 나도 모르게 이따금 너를 찾을 때가 있어. 책 읽기를 멈추고는 문득 고개를 돌리곤 해……. 마치 네가 거기 있는 듯해서!

다시 편지를 이어 쓰고 있어. 밤이야. 모두 잠들었고, 나는 너에게 편지를 쓰느라고 늦게까지 앉아 있지. 열어젖힌 창 앞에서 말이야. 정원은 온통 향긋한 냄새를 풍기고 바람은 따뜻해.

생각나니? 우리가 어렸을 때, 무척 아름다운 무엇을 보거나 들으면 "고맙습니다, 하느님. 이런 것을 만들어 주셔서……." 하고 기도했던 것 말이야.

이 밤 나는 내 온 마음으로 생각했어. '고맙습니다, 하느님. 이렇게도 아름다운 밤을 만들어 주셔서.'라고. 그러고는 갑자기 — 어쩌면 너도 그것을 느낄 수 있을 만큼 강렬하게 — 나는 네가 여기에 있기를 원했고, 또 내 곁에 있음을 느꼈어.

그래, 편지에서 너는 곧잘 '올바르게 태어난 영혼에게는' 감탄이 감사와 함께 얽혀 있다고 말했지…….

아직도 쓰고 싶은 게 얼마나 많은지!

나는 지금 쥘리에트가 써 보낸 그 빛나는 나라를 생각해 보고 있어. 더 넓고, 더 빛나고, 더 황량한 다른 나라들도 생각해 보고 있어.

　언젠가는 둘이서 함께 신비롭고 커다란, 어떤 나라를 보게 되리라는 이상한 신념이 내 마음속에 자리 잡고 있어…….


얼마나 큰 기쁨으로, 그리고 얼마나 큰 사랑의 흐느낌으로 내가 이 편지를 읽었을지는 아마 쉽사리 짐작할 것이다.

　또 다른 편지들도 잇따라 왔다. 물론 알리사는 내가 퐁그즈마르에 가지 않은 것을 고마워하고 있었고, 또 올해에는 자기와 만나지 말자고 부탁했다.

　그러나 그녀는 나의 부재를 아쉬워했고, 내가 그녀 곁에 있기를 바랐다.

　편지 한 장 한 장마다 나를 부르는 그녀의 한결같은 외침이 울리고 있었다.

　이를 견뎌 낼 힘을 나는 어디서 얻었을까?

　어쩌면 아벨의 충고에서 얻었는지도 모른다. 갑자기 나의 기쁨을 허물어뜨리지나 않을까 하는 두려움이나 내 마음의 유혹을 이기기 위한 자연스런 긴장에서 얻었을지도 모르겠다.

　뒤이어 온 편지들 가운데서 이런 사정을 알려 줄 수 있는 것을 모두 적어 보겠다.

그리운 제롬!

네 편지를 읽으면 나는 기쁨이 온몸으로 잦아드는 듯해. 네가 오르비에토에서 부친 편지에 답장을 하려는 참인데, 페루즈와 아시시에서 부친 편지가 동시에 도착했지.

내 마음은 이미 여행자가 되어 있어. 내 몸만이 여기 있는 거지. 정말 나는 너와 함께 옹브리의 하얀 길을 걷고 있어. 아침이면 너와 함께 길을 떠나고, 전혀 새로운 눈으로 동터 오는 하늘을 바라다봐.

정말로 코르토느의 언덕에선 나를 불렀니? 나는 네가 부르는 소리를 들었단다……

아시시 너머의 그 산에서는 지독하게 목이 말랐어! 프란치스코 수도사가 주던 물 한 잔이 어찌나 맛이 좋던지!

오오, 제롬! 나는 너를 통해서 무엇이든지 보고 있어. 성 프란치스코에 관해서 써 보내 준 이야기는 얼마나 좋았는지 몰라! 정말이야, 그렇잖니?

찾아야 할 것은 결코 마음의 해탈이 아니라 감격이야. 마음의 해탈이란 것에는 언제나 두려워해야 할 오만이 따르지. 야망이란 반항하기 위해서가 아니라 봉사하기 위해서 써야 할 거야.

님므에서 오는 소식들은 참으로 좋은 소식이어서, 이제는 내 생각에도 내가 기쁨에 몸을 내맡기는 것을 하느님께서 허락해 주시는 것 같아.

이번 여름, 단 한 가지 근심은 가엾은 우리 아버지의 상태야. 내가 아무리 정성껏 보살펴 드려도 아버지는 늘 쓸쓸하셔. 아니, 그렇다기보다는 내가 아버지를 혼자 계시게 내버려 두면 곧 쓸쓸한 기분으로 돌아가셔서 마음을 돌려 드리기가 점점 어려워지는 거야.

우리 주위에서 속삭이는 자연의 온갖 기쁨이 아버지께는 언제부터인가 낯선 언어가 되어가고 있어. 이제는 그러한 소리를 들으려고 하지도 않으셔.

미스 애슈부르통은 잘 지내고 계셔. 두 분께 네 편지를 읽어 드린단다. 편지 한 통이면 사흘 정도는 이야깃거리가 끊이지 않지. 그러다 보면 다음 편지가 도착하고……

…… 로베르는 그저께 이곳을 떠났어. 나머지 방학을 R이라는 제 친구 집에서 보내겠다는데, 그 친구의 아버지는 모범 농장을 경영하고 계시대. 떠나겠다고 할 때 나는 그 애의 계획을 격려해 줄 수밖에 없었어.

할 말이 무척 많아. 나는 끊임없이 이야기에 목이 말라 ― 때때로 말이나 생각이 뚜렷하게 떠오르지 않을 때가 있는데,

오늘 저녁에 나는 꿈꾸듯이 글을 쓰고 있어 ─ . 그럴 때면 어떤 무한한 부(富)를 주고받고 있는 듯한, 거의 숨이 막히는 듯한 느낌이 들어.

어떻게 우리가 몇 달씩이나, 그토록 오랫동안을 서로 침묵하고 지낼 수 있었을까? 아무래도 동면(冬眠)을 하고 있었던 게 분명해.

오! 침묵하는 그 무서운 겨울이 영원히 끝나 버리기를! 너를 다시 찾고부터는 삶도 생각도 우리 영혼도 모두가 나에게는 한없이 아름답고 사랑스럽고 풍요롭게만 보여.


9월 12일

피사에서 보낸 네 편지는 잘 받았어. 우리가 있는 이곳 날씨 또한 눈부실 만큼 좋아.

여태껏 나에게는 노르망디가 이처럼 아름다워 보인 적이 없어. 그제는 혼자서 발길 가는 대로 벌판을 가로질러 오랫동안 거닐었단다.

햇빛과 기쁨에 흠뻑 취해서 돌아왔을 때에는 피곤하기보다는 오히려 흥분되어 있었어. 타는 듯 눈부신 햇살 아래 쌓여 있는 노적가리들이 얼마나 아름다웠는지! 온갖 것이 놀랍도록 아름답게 보여서 구태여 내가 이탈리아에 있다고 상

상할 필요도 없었어.

그래, 제롬. 자연의 '은은한 찬가' 속에서 내가 듣고 이해한 것은 네가 말한 것처럼, 환희에 대한 권유였어. 나는 그 권유를 새소리 하나하나에서 소리로 들었고, 꽃향기 하나하나에서 냄새로 듣고 있어.

그래서 나는 기도의 유일한 형식에는 예찬이라는 것밖에 없다는 사실을 이해하게 되었고, 성 프란치스코와 함께 "주여, 주여, '에 농 알트로(e non altro)'" 하고 있는데, 형용할 수 없는 사랑이 가득 찬 마음으로 되풀이하고 있어.

그렇다고 내가 무식쟁이가 되어 가고 있다고 걱정하지는 마!

요즈음 책도 많이 읽었어. 며칠 동안 비가 오는 바람에 나의 예찬을 책 속에 집어넣은 셈이지. 말브랑슈의 책을 다 읽고 나서 곧 라이프니츠의 '클라크에의 편지'를 읽기 시작했어.

그러고는 좀 휴식할 생각으로 셸리의 '첸지'를 읽었어. 별로 재미는 없었어. '미모사'도 읽었지.

네가 성을 낼지도 모르지만, 지난해 여름에 우리가 함께 읽었던 키츠의 오드(송가) 네 편과 바꾼다면 셸리와 바이런의 거의 모든 작품을 내줄 수 있을 것 같아. 마찬가지로 보들레르의 몇몇 소네트를 위해서는 위고 작품 전부를 내줄 것 같아.

'위대한' 시인이란 말은 아무런 의미도 없어. '순수한' 시인이라는 것, 그것이 중요한 것이지…….

오, 제롬, 나에게 이러한 모든 것을 알게 하고 이해시켜 주고 사랑할 수 있게 해 줘서 고마워.

…… 아니야, 제롬. 고작 며칠 동안 만나려고 네 여행을 단축하는 것은 좋은 생각이 아니야.

나를 믿어. 네가 내 가까이에 있으면 나는 더는 지금처럼 너를 생각하지 못할 거야. 너를 괴롭히고 싶진 않지만, 제롬. 나는 네가 여기 있기를 더욱더 바라지 않게 되었단다.

네게 이걸 고백할까? 네가 오늘 저녁에 온다는 것을 내가 알게 된다면…… 나는 달아나 버릴 거야.

오오! 제발 이 감정에 대한 설명을 요구하지는 말아 줘. 다만 내가 알고 있는 것은 끊임없이 나는 너를 생각하고 있고 ― 이것만으로도 너는 충분히 행복할 수 있어 ― 그리고 나는 이대로 행복하다는 거야.

이 마지막 편지를 받고 얼마 지나지 않아서, 그리고 이탈리아에서 돌아오자마자 나는 군에 징집되어 낭시로 보내졌다. 나는 낭시에 아는 사람이 없었지만, 혼자 있게 된 것을 기껍게 받아들였다.

왜냐하면 이 고적함이 애인으로서의 나 자신이나 알리사에게는, 그녀의 편지만이 내 유일한 안식처이며 또 롱사르가 말했던 것처럼 그녀에 대한 추억이 내 '유일한 완성의 실현'이라는 사실을 한결 더 뚜렷하게 드러내 줄 것이기 때문이었다.

사실대로 말하지만, 우리에게 부과된 상당히 힘겨운 규율도 기꺼운 마음으로 견뎌 냈다. 나는 모든 것에 대해 굳세게 저항했는데, 다만 알리사에게 편지를 쓰면서 함께 있지 못함을 아쉬워할 뿐이었다.

그래서 우리는 이렇게 오래 헤어져 있는 동안에도 우리 용기에 어울리는 시련을 찾아내기까지 했던 것이다. '결코 하소연하지 않는 너'라거나, '약한 모습을 상상해 볼 수 없는 너'라는 표현을 알리사는 편지에 쓰곤 했다.

그녀의 말에 대한 증거를 보이기 위해서라면 무엇인들 견뎌 내지 못했을까?

우리가 마지막으로 만난 뒤로 거의 1년이 흘러갔다. 그동안 알리사는 그런 것을 생각하지도 않는 것 같았는데, 그제야 겨우 자기의 기다림이 시작되고 있는 듯이 느끼게 했다.

나는 그 점에 관해 그녀에게 항의했다. 그러자 그녀는 이런 답장을 보내왔다.

　이탈리아에서 나는 너와 함께 있지 않았니? 은혜를 모르
는 제롬, 나는 단 하루도 너를 떠난 일이 없어. 그러니 이제
조금만 더 내가 너를 따라가지 않은 것을 이해해 줘. 다만 이
상태만이 내가 '이별'이라고 부르는 그것이야. 군인 차림을 한
너를 상상해 보려고 무척 애를 써……. 그러나 잘 떠오르지
가 않아.

　저녁 무렵, 강베타 거리의 조그마한 방에서 겨우 글을 쓰
고 있거나 책을 읽고 있는 너를 생각해 내는 것이 고작이야.
그런데 이것마저도 뚜렷하지가 않아.

　정말 나는 1년 뒤에나 퐁그즈마르나 르아브르에서 너를 만
나 볼 수 있을 것 같아.

　1년! 나는 이미 지나 버린 날들을 헤아리지는 않아. 내 희
망은 천천히 다가오고 있는 미래의 한 지점에 못 박혀 있어.
정원의 깊숙한 안쪽, 그 낮은 울타리, 그 밑에 바람을 피해 국
화를 심어 놓았어. 우리가 그 위를 위험스레 걸어 다녔던 그
울타리. 쥘리에트와 너는 곧장 천국으로 가려는 회교도처럼
겁도 없이 그 위를 성큼성큼 걸어 다니곤 했지. 그런데 나는
몇 걸음만 떼어도 현기증이 나서 네가 밑에서 고함을 지르곤

했어.

"그러니 발밑을 보지 말란 말이야! 앞을 봐! 쉬지 말고 그 대로 나가. 목표를 정하고!"

그러고는 마침내 — 말보다는 그러는 것이 더 나았지 — 너는 담 저쪽 끝으로 뛰어 올라가서는 나를 기다려 주었어. 그러면 나는 더 이상 떨리지 않았어. 더는 현기증도 나지 않 았지. 너 이외에는 아무것도 보이지 않았던 나는 팔을 벌리 고 있는 네게로 뛰어가곤 했어.

너에 대한 믿음이 없었다면 제롬, 나는 어떻게 되었을까? 나는 네가 굳세다고 느껴야 할 필요가 있어. 네게 나를 의지 해야 해. 약해지지 말아 줘.

일종의 도전하는 마음으로, 또 불완전한 재회에 대한 두려움 으로 우리는 마치 일부러 그러는 듯이 기다림을 연장하여, 설날 무렵에 며칠간 주어지는 휴가를 파리에 있는 미스 애슈부르통 곁에서 함께 지내는 것에 합의했다…….

앞에서도 말했지만, 내가 옮겨 적고 있는 것은 알리사에게서 받은 편지의 전부가 아니다.

2월 중순경에 내가 받은 편지는 이것이다.

그저께 파리 가(街)를 지나가다가, 네가 알려 주기는 했지만 믿어지지 않았던 사실, 즉 아벨의 책이 M 서점에 버젓이 진열돼 있는 것을 보았어.

나는 참을 수가 없어서 서점 안으로 들어갔지. 그런데 그 제목이 내겐 너무도 야릇해 점원에게 말하기를 망설였어. 한순간 아무것이나 다른 책을 집어 들고 나오려고도 했어. 요행히 '교태'가 작은 무더기로 쌓여 있어서 한 권 뽑아 쥐고는 입을 열 필요도 없이 책값을 집어 던지듯 내고 나왔어.

아벨이 자기 책을 보내 주지 않는 데에 정말 고마워하고 있어. 얼굴을 붉히지 않고는 책장을 넘길 수 없더라. 그 수치감은 책 자체 때문이라기보다 ─ 그 책에서 나는 결국 외설스러움보다는 우둔함을 더 많이 봤어 ─ 아벨이, 너의 친구인 아벨 보티에가 그 책을 썼기 때문이야.

'르탕'지(紙)의 평론가가 그 책에서 발견했다는 그 '훌륭한 재능'을 나는 페이지마다에서 찾아보았지만 헛수고였어. 르아브르의 작은 사교계에서는 아벨이 곧잘 화제에 오르고 있는데, 그 책에 대해 무척 좋은 평을 듣고 있어. 고칠 길 없는 경박한 재능이 '경묘함'이라든지, '우아함'으로 평가되고 있어.

물론 나는 조심성 있게 신중함을 지키고 있고, 내가 읽었다는 사실을 오직 너에게만 말했을 뿐이야. 처음에는 비교적 올바르게 해석하시던 보티에 목사님도 이제는 오히려 그 책에서 무슨 자랑거리가 될 게 없나 하고 생각하기 시작하셨어. 그분 주위에 있는 사람들은 저마다 목사님이 그렇게 믿으시도록 애를 쓰고 있거든.

어제 플랑티에 고모 댁에서 M 부인이 불쑥 "아주 기쁘시겠어요, 목사님. 아드님께서 훌륭하게 작가로 성공을 하셨으니."라고 말씀하시니까, 목사님은 좀 당황하신 투로 "뭘요, 저는 아직 그렇게까지는 생각하지 않는데요."라고 대답하셨어. 그런데 "하지만 곧 그런 생각이 드실 거예요."라고 고모가 말씀하시자, 물론 악의는 없었지만 그 말씀하시는 투가 워낙 용기를 북돋우시려는 투여서 모두 웃기 시작했지. 목사님까지도.

불르바르의 무슨 극장에서 상연을 준비하고 있다는 말이 들리고, 신문에서도 벌써부터 떠들어 대기 시작한 모양인데 '신(新) 아벨라르'가 상연되면 도대체 무슨 꼴이겠니?

…… 가엾은 아벨! 그가 바라고 있고, 또 만족할 만한 성공이라는 것은 정말 이런 것일까?

어제 나는 '마음의 위안'에서 이러한 말을 읽었어.

'진실하고도 영원한 영광을 참으로 바라는 자는 한때의

영광을 마음에 두지 않느니라. 마음속에서 한때의 영광을 가벼이 여기지 않는 자는 천상의 영광을 귀히 여기지 않음을 스스로 드러내는 자이니라.'

그리고 나는 생각했지.

주여, 지상의 어떤 영광과도 비길 수 없는 이 성스러운 영광을 위해 제롬을 선택하여 주심에 감사드립니다.


몇 주일, 몇 달이 단조로운 근무 속에서 흘러갔다. 그러나 갖가지 추억이나 희망에만 마음을 쏟으며 살아서인지, 나는 세월이 느리다든지 시간이 길다든지 하는 것을 별로 느끼지 않았다.

외삼촌과 알리사는 6월에 님프 가까이로 쥘리에트를 만나러 갈 예정이었다. 쥘리에트는 그 무렵 해산을 기다리고 있었던 것이다.

그런데 좀 좋지 않은 소식이 그들의 출발을 서두르게 했다.

알리사한테서 다음과 같은 편지가 왔다.


르아브르로 부친 네 마지막 편지는 우리가 그곳을 떠난 직후에 도착한 모양이야. 일주일이나 지난 뒤에 겨우 내 손에 들어왔구나. 어떻게 된 영문인지?

일주일 내내 나는 무언지 빈 것 같고, 얼어붙은 듯하고, 불안스럽고, 위축된 마음이었어. 오, 나의 제롬, 나는 이제 내가 아니고, 더는 내가 아니고, 오직 너와 함께 있는 나일 뿐이야.

쥘리에트는 다시 건강해지고 있어. 별다른 어려움 없이 그 애의 해산을 기다리고 있어.

오늘 아침, 내가 네게 편지를 쓰고 있다는 것도 그 애는 알고 있어. 우리가 에그비브에 도착한 다음 날이었어. 쥘리에트가 "제롬은 어때……, 여전히 언니에게 편지해?" 하고 물어왔어. 그래서 내가 감추지 못하고 말을 하자 "이번에 언니가 편지를 할 때는 제롬에게 말해 줘……." 하고 한동안 망설이더니 아주 부드럽게 미소를 지으며 "내가 다 나았다고 말이야."라고 하는 거야.

한결같이 즐거워만 하는 그 애의 편지를 받아 보면서도, 나는 그 애가 행복을 억지로 가장하고 있지는 않을까 걱정했었어. 그런데 그 애가 행복이라고 생각하고 있는 것들은 전에 꿈꾸던 것, 그 애의 행복을 결정하는 듯싶었던 것들과는 너무도 성질이 달라.

아! '행복'이라고 불리는 것은 어쩌면 이렇게도 영혼과 밀접한 것일까. 행복을 이루는 것처럼 보이던 바깥 요소들은 얼마나 하잘것없는 것인지.

'벌판'의 외로운 산책에서 내가 생각했던 그 많은 일을 모두 네게 쓰지는 않겠어. 다만 그 벌판에서 가장 놀라웠던 것은 이제는 나 자신이 전혀 즐거움을 느끼지 못한다는 사실이었어.

쥘리에트의 행복이 나를 걷잡을 수 없는 우울에 사로잡히게 한 것일까? 내가 느끼는, 아니 적어도 내가 바라보는 이 고장의 아름다움조차 오히려 나의 설명할 길 없는 슬픔을 더해 줄 뿐이었어.

네가 이탈리아에서 편지하던 그 무렵, 나는 너를 통해 모든 것을 바라볼 수 있었어. 그런데 지금은 너 없이 나 혼자서 바라보는 이 모든 것이, 내가 네게서 빼앗은 것인 듯해.

나는 퐁그즈마르나 르아브르에서 비 오는 날에 저항할 힘을 기르고 있었는데, 여기 와서 보니 결국 이 힘은 이미 아무런 소용도 없었고, 그래서 나는 쓸모없는 그 힘을 느끼는 것이 오히려 불안하기만 해. 사람들과 이 고장의 즐거움도 역겨워. 어쩌면 내가 슬프다고 하는 상태란, 단순히 그들처럼 떠들썩한 상태가 아닌 것에 불과한 것일까…….

아무래도 전에는 나의 기쁨에 무슨 오만이 깃들어 있었던 것 같아. 왜냐하면 지금 이 지방의 즐거운 분위기에 휩싸여 있으면서 내가 느끼는 것은, 무엇인지 확실하진 않지만 왠지 굴욕적인 감정이기 때문이야.

이곳에 온 뒤로는 기도도 별로 드리지 못했어. 하느님도 이제는 그전의 위치에 계시지 않는다는 어린애 같은 느낌을 맛보고 있어.

안녕히. 서둘러 끝내야겠다.

이러한 모욕적인 말, 나의 약한 마음, 나의 서글픔이 부끄러워. 무엇보다 그것을 고백한다는 것이 부끄럽고.

우체부가 오늘 저녁에 편지를 가져가지 않고 내일이 된다면, 갈기갈기 찢어 버릴 것 같은 이 모든 것을, 네게 써 보낸다는 것이 부끄럽기만 하다…….

다음번에 온 편지에는, 그녀가 대모(代母)가 되어 줄 자기 조카딸의 출생, 쥘리에트의 기쁨, 외삼촌의 기쁨 따위만 적혀 있고, 그녀 자신의 느낌에 대해서는 더는 문제 삼고 있지 않았다.

그 뒤에는 다시 퐁그즈마르에서 부친 편지들이었는데, 7월에는 쥘리에트도 그곳에 와 있었다.

오늘 아침 에두아르와 쥘리에트는 우리를 떠났어. 무엇보다도 내가 서운한 것은 그 귀여운 갓난아기가 떠났다는 것이야. 여섯 달 뒤에 다시 보게 될 때에는 그 몸짓들을 이미 알아보지 못하게 되겠지.

그 애가 하는 거의 모든 몸짓을 나는 하나도 빼지 않고 다 지켜보았어. 성장이란 언제나 참으로 신비롭고 놀라워. 우리가 좀 더 자주 놀라지 않는 것은 주의력 결핍 때문이지. 희망으로 가득 찬 그 조그만 요람 위에 몸을 구부린 채 나는 얼마나 많은 시간 동안 그 애를 지켜보았는지 몰라.

그 무슨 이기심 때문인지, 만족이나 최선에 대한 욕망이 쇠하기 때문인지, 성장은 그리도 빨리 멈추어 버리며, 온갖 피조물은 그처럼이나 멀리, 하느님에게서 멀리 자리를 잡는 것일까?

오! 그러나 우리가 하느님께로 좀 더 가까이 갈 수만 있다면, 가기를 원하기만 한다면……, 그건 얼마나 아름다운 경쟁심일까!

쥘리에트는 아주 행복해 보여. 처음에 나는 그 애가 피아노 치기도 독서도 그만두는 것을 보고 슬퍼했어. 그런데 에두아르가 음악을 좋아하지도 않고, 책에도 별로 취미를 갖고 있지 않다는 거야. 남편이 자기를 따르도록 하는 것에서 자기의 즐거움을 찾지 않는 쥘리에트야말로 참으로 현명하다고 생각하지 않니?

반대로 쥘리에트는 남편의 일에 흥미를 붙이고 있고, 남편도 자기가 하는 모든 사업에 관해 그 애가 잘 알 수 있도록 해 주는 모양이야.

사업도 올해 들어서는 무척 규모가 커졌대. 르아브르에 귀한 단골손님들이 생긴 것도 다 이 결혼 때문이라고 에두아르는 곧잘 농담을 한단다.

로베르는 요전번에 에두아르가 사업 관계로 여행할 때 동행했어. 에두아르는 그 애를 무척 잘 보살펴 주고 있어. 그 애의 성격을 잘 이해하고 있다면서, 그 애가 그런 종류의 사업에 진정으로 재미를 붙이게 될 거라며 즐거워하고 있어.

아버지는 훨씬 나아지셨어. 딸이 행복해 하는 것을 보게 되셔서 다시 젊어지시는 것 같아. 농장이나 정원 일에도 다시금 재미를 붙이셨어. 이제 방금도 말씀하시는 게 뭐냐 하면, 미스 애슈부르통과 셋이서 시작했다가 테시에르 가족이 와서 중단되었던 책 읽기를 다시 나더러 해 달라고 하셨어.

내가 큰 소리로 두 분께 읽어 드리고 있는 것은 휴브너 남작의 여행기인데, 나 자신도 퍽 재미있게 읽고 있어. 이제부터는 나 혼자서 책 읽을 시간도 좀 더 많아질 것 같아.

그래서 나는 네가 좀 좋은 책을 골라 주었으면 해. 오늘 아침 나는 여러 책을 뒤적거렸는데, 어느 하나도 마음에 들지 않는구나……

알리사의 편지는 이때부터 더욱 혼란스러워졌고 더욱 절박해졌다. 여름이 끝날 무렵 그녀는 이런 편지를 내게 써 보냈다.

네가 걱정할까 두렵기는 하지만 얼마나 네가 기다려지는지를 얘기하지 않을 수 없어.

너를 만나기까지 나 혼자 보내야 할 하루하루가 무겁게도 짐이 되어 나를 짓눌러.

아직도 두 달! 그것이 내게는, 너와 멀리 떨어져 지낸 그 모든 시간보다 훨씬 긴 것 같아.

기다리는 마음을 잊어버리려고 시도하는 모든 노력이 하잘것없고 일시적인 것으로만 여겨져. 그래서 나는 아무것에도 마음을 기울이지 못하겠어.

책에서도 이제는 아무런 힘도 매력도 느낄 수 없고, 산책도 아무런 재미가 없으며, 자연까지도 위력을 잃어 내 앞에서는 정원도 빛이 바랜 채 향기를 잃어 가고 있어.

나는 차라리 너의 고된 과업, 강제적이고 의무적인 그 훈련뿐만 아니라, 끊임없이 너를 네 자신에게서 떼어 놓고, 너를 피곤하게 하며, 시간이 빠르게 지나가게 하고, 저녁이면 피곤해서 축 늘어지는 너를 잠 속으로 휘모는 고된 노역이 부럽다.

기동 훈련에 관해 써 보낸 너의 감동적인 묘사는 내 마음을 온통 사로잡았어. 잠을 못 이루는 요즈음의 며칠 밤, 나는 몇 번씩이나 기상나팔이 울리는 소리에 놀라 벌떡 일어나곤 했어.

네가 이야기해 준 그 가벼운 도취, 새벽녘의 그 기쁨, 그 반쯤 현기증 나는 상태를 나는 정말 잘 상상할 수 있어. 새벽의 그 얼어붙은 눈부심 속에서 말제빌르의 그 고지가 얼마나 아름다웠을지도…….

얼마 전부터 나는 몸이 좀 좋지를 않아. 오! 조금도 대수롭지는 않아. 그저 나는 너를 좀 지나치게 기다리기 때문인가 봐.


여섯 주일 뒤에…….


이것이 내 마지막 편지가 될 거야.

제롬, 네 귀환 일자가 아직도 확정되지 않았다고는 하지만, 그 날짜가 너무 늦어지지는 않겠지?

너를 만나고 싶었던 곳은 퐁그즈마르이지만, 요즈음 날씨가 나빠지고 몹시 추워지자 아버지는 자꾸 시내로 돌아가자고 말씀하셔.

쥘리에트도 로베르도 우리와 함께 있지 않으니까 이제는 네가 우리 집에 머물러도 불편하지 않겠지만, 아무래도 너는 고모 댁에 머무는 편이 좋을 것 같아. 고모도 너를 맞아들이는 게 역시 기쁘실 테니까.

재회할 날이 가까워질수록 기다리는 게 점점 더 두려워진다. 정말 그건 두려움이라고밖에 설명할 수 없을 것 같아.

그토록 바라고 바라던 너의 귀환이 막상 눈앞에 다가오니, 그렇게 두려울 수가 없어. 하지만 더는 이런 것을 생각하지 않으려고 애쓰고 있단다.

네가 누르는 초인종 소리, 층계를 올라오는 너의 발자국 소리를 상상하기만 해도 심장의 고동이 멈춰 버리는 듯하고, 가슴이 꽉 막히는 듯싶다.

무엇보다도 내게서 무슨 특별한 말을 기대하진 마. 나의 과거가 거기서 끝장나 버리는 것 같으니까. 그 너머 저쪽에는 아무것도 보이지 않고 나의 삶이 멈추어 버린 것만 같아…….

그때부터 나흘 뒤, 즉 내가 제대하기 일주일 전에 나는 알리사에게서 짧은 편지를 받았다.

제롬, 르아브르에서 네가 체류하기로 한 것과 지나치게 긴 만남의 시간을 갖지 않으려는 네 생각에 나는 전적으로 찬성해.

지금까지 서로 편지로 주고받은 것 외에 또 무슨 할 말이 있겠니?

학교 등록 때문에 28일까지 파리에 가야 한다면, 조금도 주저하지 말고 가도록 해.

이틀밖에 함께 있지 못한다고 섭섭하게 여기지 말자.

우리 앞에는 한평생이 남아 있지 않니?


우리의 첫 재회가 이루어진 곳은 플랑티에 이모 댁이었다.

군대 복무 때문인지 나는 갑자기 모든 것에 둔해졌고 어색함을 느꼈다. 이어서 나는 그녀도 내가 변했다고 여긴다는 것을 느낄 수 있었다.

그러나 우리 사이에서 이런 거짓된 첫인상이 뭐가 그리 중요했겠는가.

나로서는 알리사의 옛 모습을 전혀 찾아볼 수 없지 않을까 하는 두려움 때문에 처음에는 그녀를 바라보지도 못 했다. 그리고 사람들이 우리 둘만을 남겨 놓으려고 저마다 서둘러서 우리 앞을 떠나려는 태도가 오히려 우리를 난처하게 했다.

"고모, 고모가 우리에겐 조금도 방해되지 않아요. 우리는 비밀스럽게 이야기할 것이 조금도 없어요."

알리사는 이모가 자리를 피하려고 지나치게 애쓰는 것을 보다 못해 마침내 부르짖듯이 말했다.

"원 천만에! 그렇지 않다, 얘들아! 난 너희를 아주 잘 알아. 서로 만나지도 않고 오랫동안 떨어져 있다 보면 서로 이야기할 일들이 태산같이 있는 법이야……."

"제발 부탁이에요, 고모. 지금 나가신다면 우리 기분을 무척 상하게 하시는 거예요."

이 말을 할 때의 목소리는 거의 화난 것 같아서 알리사의 목소리라고 여겨지지 않았다.

"이모, 만약 이모가 나가 버리신다면 우리는 분명 한마디도 주고받지 않을 거예요!"

내가 웃으면서 덧붙였다.

그러면서 단둘이 남게 된다는 생각에 나는 무엇인지 모를 두려움에 휩싸이고 말았다.

그래서 세 사람 사이에는, 이면은 저마다 숨기면서 표면만은 억지로 즐거운 척하는 그러한 이야기가 다시 이어졌다.

외삼촌이 점심때 나를 불렀기 때문에 우리는 그다음 날 다시 만나기로 했다.

그래서 그 첫날 오후에는 이런 희극을 끝내는 것만이 오히려 다행스럽게 여겨져, 우리는 아무렇지 않게 헤어지고 말았다.

나는 식사 시간 훨씬 전에 찾아갔는데, 알리사는 어떤 여자 친구와 이야기하고 있었다. 알리사는 그 친구를 일부러 돌려보내려 하지 않았고, 그 친구도 눈치 있게 돌아가려고 하지 않았다.

마침내 그 애가 떠나고 우리 둘만 남았을 때, 나는 알리사가 그 친구를 점심에 초대하지 않은 사실에 짐짓 놀라는 척했다.

전날 밤 잠을 잘 이루지 못했던 우리는 둘 다 피곤했고, 약간 들떠 있었다.

외삼촌이 들어왔다. 알리사는 내가 외삼촌도 많이 늙었다고 생각하는 것을 눈치채고 있었다.

외삼촌은 귀가 어두워져 말소리를 잘 알아듣지 못했다. 알아듣도록 큰 소리를 내야 하는 까닭에 내 이야기는 뒤죽박죽이 되었고 힘만 들었다.

점심 식사 후 약속한 대로 플랑티에 이모가 마차로 우리를 데리러 왔다. 이모는 돌아오는 도중 그 코스 가운데 가장 기분 좋은 곳에서 알리사와 나를 걷게 할 작정으로, 오르세에 이르자 우리를 내려 주었다.

계절에 비해서 무척 더웠다. 우리가 걷게 된 언덕길 부근은 온통 햇살에 드러나 있어 아무런 정취도 없었다. 헐벗은 나무들은 우리에게 그늘을 허락하지 않았다.

이모가 마차에서 기다리고 있는 데까지 빨리 돌아가야 한다는 초조함 때문에 우리는 무리하게 걸음을 재촉했다.

갑자기 머리가 아파 왔고 그래서 나는 아무런 생각도 짜내지 못했다. 외양을 갖추기 위해선지, 아니면 이러한 동작이 말을 대신할 수 있다는 생각에서인지, 나는 걸어가면서 알리사가 내 맡긴 손을 쥐고 있었다.

흥분, 빨리 걸어서 가빠진 숨결, 그리고 두 사람 사이에 무겁게 깔려 있는 거북한 침묵이 우리 얼굴을 달아오르게 했다.

내 관자놀이에서 피가 끓는 소리가 들렸고, 알리사의 얼굴은 보기 흉할 만큼 상기되어 있었다. 순간 우리는 땀에 젖은 손을 붙들고 있다는 것을 깨닫고는 어색해져서 손을 놓고 힘없이 아래로 내려뜨렸다.

우리가 너무 급히 온 데다, 우리에게 이야기할 시간을 주려고 이모가 다른 길로 돌아서 아주 천천히 마차를 몰고 왔기 때문에 우리는 마차보다 훨씬 빨리 네거리에 도착했다.

우리는 언덕 비탈에 앉았다. 땀에 젖어 있던 우리는 마차를 마중하기 위해 일어섰다.

그러나 무엇보다도 난처했던 일은 이모의 그 지성스러운 염려였다.

우리가 충분히 이야기했으리라고 믿고 있던 이모는 우리를 보자마자 약혼에 관해 캐묻기 시작했다.

참다못해, 두 눈에 눈물이 가득 어린 알리사는 두통이 몹시 심하다는 핑계로 이모의 질문을 피해 버렸다.

우리의 귀가는 침묵 속에서 끝이 났다.


다음 날, 온몸이 뻐근하게 오므라들면서 너무도 괴로운 가운데 잠이 깬 나는 정오가 지난 뒤에 뷔콜렝 댁에 가 보기로 마음먹었다.

그런데 운 나쁘게도 알리사는 혼자 있지 않았다. 이모의 손녀들 가운데 하나인 마들렌 플랑티에가 와 있었던 것이다.

나는 알리사가 그 애와 이야기하기를 좋아한다는 것을 알고 있었다. 그 애는 며칠 동안 제 할머니 댁에 와 있던 것이었는데, 내가 들어서자 큰 소리로 말했다.

"돌아가실 때 언덕으로 가시지 않겠어요? 그러면 우리도 함께 올라갈 수 있는데……."

나는 기계적으로 승낙해 버렸다. 그렇게 되어 나는 알리사와 단둘이 만나지 못했다. 하지만 그 귀여운 애가 있는 것이 확실히 우리에겐 도움이 되었다.

전날과 같은 견디기 힘든 어색함을 느끼지 않고도, 우리 세 사람은 쉽게 이야기를 했다. 처음에 내가 두려워했던 것보다 훨씬 더 편하게, 우리 두 사람 사이의 꾸미는 듯한 태도가 누그러져 있었다.

내가 알리사에게 작별 인사를 하자 그녀는 기묘한 미소를 지었다. 그녀는 마치 그때까지도 그다음 날이면 내가 떠난다는 것을 알지 못하는 사람 같았다.

게다가 아주 가까운 장래에 재회가 이루어지리라는 믿음 때문에 나의 작별 인사는 그것이 갖게 마련인 약간의 서글픔조차도 담고 있지 않았다.

그러나 저녁을 마친 다음 알 수 없는 불안감이 몰려와, 나는 다시 시내로 내려가 뷔콜렝 댁의 초인종을 다시 누르기로 작정할 때까지 한 시간가량이나 헤매고 다녔다.

문을 열어 준 것은 외삼촌이었다. 알리사는 몸이 편치 않다고 하면서 이미 제 방에 올라갔는데, 아마 잠이 든 모양이라고 말했다. 나는 잠시 외삼촌과 이야기를 나누다가 나왔다.

모든 일이 이렇게 빗나가 버려서 몹시 화가 났지만, 이제 와서 통탄한들 부질없는 일에 지나지 않을 것이다. 설령 모든 일이 우리를 도와주었다고 하더라도, 우리는 일부러라도 그런 거북스러움을 꾸며 냈을지도 모른다.

그렇지만 알리사 역시 그 거북스러움을 느꼈을 것이라는 사실, 그것이 무엇보다도 나를 슬프게 했다.

파리에 돌아오자마자 나는 알리사의 편지를 받았다.

제롬, 얼마나 쓸쓸한 재회였던지!

그렇게 된 잘못을 너는 남에게 돌리는 듯이 보이더라만, 네 자신도 꼭 그렇지 않다고는 확신하지 못할 거야.

나는 제롬, 언제나 이러하리라는 것을 이제야 겨우 알게 되었어. 그리고 앞으로도…… 그럴 거라고 알고 있어. 아! 제발, 이제는 더 만나지 말자꾸나!

서로 할 이야기가 많은데도 그 어색함, 그 거북한 감정, 그 침묵은 도대체 무엇일까?

네가 돌아온 첫날, 나는 그 침묵조차도 즐거웠어. 그 침묵은 흩어져 버릴 것이며, 너는 내게 굉장한 이야기들을 들려주리라고 믿고 있었기 때문이지.

네 안의 이야기를 나에게 하지 않고는 떠날 수 없다고까지 생각했어.

그러나 오르세에서의 침울한 산책이 침묵 속에서 끝났을 때, 특히 우리가 서로의 손을 놓아서 손이 아무런 희망도 없이 떨어뜨려졌을 때, 내 가슴은 비탄과 고통으로 무너져 내리는 것 같았어.

그중에서도 나를 가장 서글프게 한 것은 네 손이 내 손을 놓아 버렸다는 그 사실이 아니라, 만일 네 손이 그렇게 하지 않았더라면 내 손이 먼저 그랬으리라는 생각 때문이었어.

그 이튿날 — 바로 어제였지 — 아침 내내 미칠 듯이 너를 기다렸어. 집에 가만히 있기엔 너무 힘들어서 안절부절못하다가, 네가 방파제 어디로 오면 나를 만나게 되리라는 말을 집에 남기고 나는 뛰쳐나왔어.

한참이나 파도가 치는 거친 바다를 바라보며 꼼짝하지 않고 있었는데, 그동안 너 없이 나 혼자서 내내 바다를 바라보는 일이 너무나도 가슴 아팠어.

그러다 네가 이 방에서 나를 기다리고 있을지도 모른다는 생각이 갑자기 떠올라 다시 돌아왔어.

오후에는 나 혼자 있지 못하리라는 것을 알고 있었어. 마들렌이 찾아오겠다고 그 전날 말했기 때문이지. 너와는 아침에 만나게 될 것이라고 생각하고, 마들렌에게 들러도 좋다고 말했던 거야.

그런데 이번 재회에서 우리가 유일하게 즐거웠던 시간은 마들렌과 함께 있던 때가 아니었나 싶어.

나는 그때의 거리낌 없는 대화가 앞으로도 오랫동안 계속되리라는 환상에 빠져들기도 했어……

그런데 내가 마들렌과 함께 앉아 있던 긴 의자로 네가 다가와서, 나를 향해 몸을 굽히며 "잘 있어."라고 했을 때 나는 아무 대답도 할 수 없었어.

모든 것이 다 끝났다는 느낌이 들었고, 그제야 갑자기 네가 떠난다는 실감이 났어.

네가 마들렌과 함께 나가 버리자, 그런 일이란 언제라도 있을 수 있는 일일뿐더러 아무래도 견뎌 낼 수 없는 일이라고 여겨졌어.

내가 미친 듯이 너희 두 사람을 뒤쫓아 나갔다는 것을 너는 알까!

너에게 좀 더 말을 하고 싶었고, 내가 하지 않았던 내 안의 이야기를 모두 네게 들려주고 싶었던 거야.

나는 걷잡을 수 없는 심정으로 플랑티에 고모 댁으로 달렸어. 하지만 너무 늦었어. 나에겐 시간도 없었고, 감히 말을 할 수도 없었어…….

절망에 휩싸인 채로 나는 돌아왔어. 편지를 쓰려고…….

나는 더는 네게 편지하고 싶지도 않았지만…… 작별 편지를…… 왜냐하면 우리가 편지를 주고받는 일이란 그저 하나의 커다란 환영에 지나지 않았다는 것, 우리는 슬프게도 저마다 자기 자신에게 편지를 썼다는 것을 깨달았어.

제롬! 아, 우리는 언제나 너무 멀리 떨어져 있었다는 것을 그제야 비로소 분명하게 깨달은 거야.

나는 그 편지를 찢어 버렸어. 하지만 지금 또다시 쓰고 있어. 거의 처음과 같은 똑같은 편지를.

오, 그렇다고 내가 너를 전보다 덜 사랑하고 있는 것은 아니야.

제롬! 오히려 그 반대로 네가 내게로 가까이 오자마자 마음이 혼란스럽고 두려워져서, 내가 너를 얼마나 깊이 사랑하고 있는지를 그때처럼 사무치게 그리고 필사적으로 느낀 적이 없었어. 절망적으로……

왜냐하면 아무래도 고백할 수밖에 없지만, 나는 너와 멀리 떨어져 있을 때에 더욱 너를 사랑했기 때문이야.

벌써부터도 그렇지나 않을까 하고 걱정했는데, 그렇게도 바랐던 너와의 만남을 통해 내 추측이 옳았음을 깨닫고 만 거야.

그리고 제롬 너 역시, 그 사실을 인정하지 않을 수 없을 거야.

잘 있어. 이토록 사랑하는 제롬, 하느님이 너를 지켜 주시고 인도해 주시기를…….

인간은 오직 하느님 곁으로만 마음 놓고 가까이 갈 수 있는 것인가 봐.

그리고 이 사연만으로는 아직도 나를 충분히 고통스럽게 만들지 못했다는 듯이, 다음 날 그녀는 여기에다 이러한 추신을 덧붙여 놓았다.

우리 두 사람 모두에게 관계되는 일에 네가 좀 더 신중한 생각을 하도록 부탁하지 않고서는, 이 편지를 네게 보내고 싶지 않아.
너와 나 사이의 일을 쥘리에트나 아벨에게 들려줌으로써, 네가 내 마음을 쓰라리게 한 적이 몇 번인지 몰라.
바로 이 점에서도 그래. 네가 짐작하는 것보다 훨씬 앞서서, 나는 네 사랑이 무엇보다도 이성적인 사랑이며 애정과 신의에 대한 아름답고 지적인 집착에 지나지 않는다고 생각했어.

내가 이 편지를 아벨에게 보이지나 않을까 하는 염려가, 이 마지막 몇 줄을 적어 넣게 했음에 틀림없었다.
어떤 날카로운 예감이 그녀를 이처럼 조심성 있게 만들었을까?
요즘 그녀는 내가 한 이야기 가운데서 아벨의 조언이 그림자를 드리우고 있다고 별안간 느낀 건 아닐까?

하지만 그 무렵, 나는 아벨과 상당히 거리를 두고 있었다. 우리는 서로 다른 두 갈래 길을 더듬고 있었기 때문이다.

그러니 이 충고가 내 설움의 무거운 짐은 나 혼자서 짊어져야 한다는 것을 가르쳐 주려는 것이었다면 아무 소용도 없는 것이었다.

뒤이은 사흘 동안을 오로지 나는 고민만 하며 보냈다.

알리사에게 답장을 쓰고는 싶었다. 그러나 너무 차근차근한 논쟁이나 너무 격렬한 항변, 어설프게 빗나간 단 한마디 말이 우리에게 고칠 수 없는 깊은 상처를 낼까 봐 너무나 두려웠다.

나는 내 사랑이 몸부림치는 편지를 열 번도 더 고쳐 쓰곤 했다.

마침내 부치기로 결심했던 편지의 사본, 눈물에 씻긴 그 편지는 오늘에 와서도 눈물 없이는 다시 읽을 수가 없다.


알리사! 나를, 우리 둘을 불쌍히 여겨 줘!

네 편지는 내 가슴을 아프게 해. 네 걱정을 그저 웃어넘길 수만 있다면 얼마나 좋을까!

그래, 네가 내게 써 보낸 모든 것을 나도 느끼고 있었어. 하지만 나는 너에게 그 말을 하기가 두려웠어. 한낱 상상에 지나지 않는 것에다 너는 얼마나 무서운 현실성을 부여하는 것인지, 또 너는 그것으로 너와 나 사이에 얼마나 두꺼운 벽을 만들고 있는 것인지!

만약 네가 나를 그전처럼 사랑하지 않는다고 느낀다면…… 아아! 네 편지 전체가 부인하고 있는 이런 잔인한 가정은 나와는 아무 상관도 없는 거야.

만일 정말로 그러하다면, 일시적인 너의 두려움쯤이야 아무래도 좋을 것이 아닌가!

알리사! 이치를 밝히려 하면 나의 글은 금방 얼어붙어. 오직 내 가슴에서 터져 나오는 신음 소리밖에는 아무것도 더 들리지 않아. 기교를 부리기에는 나는 너무도 너를 사랑하고 있어.

그리고 너를 사랑하면 할수록 점점 더 나는 말을 하지 못하겠어.

이성적 사랑……. 이것에 대해 나는 무어라고 대답해야 할까?

내 온 넋으로 너를 사랑하고 있는데, 어떻게 내가 나의 이성과 나의 감성을 분별할 수 있을까?

그러나 우리의 편지 왕래가 네게 가혹하게 비난받는 원인이 되고 있기 때문에, 또 그러한 편지 왕래 덕분에 기분이 잔뜩 추어올려졌던 우리에게 뒤이어 찾아온 현실에의 전락이 이토록 쓰라린 상처를 주었기 때문에, 게다가 네가 편지를 한다 하더라도 이젠 다만 너 자신에게 편지를 하는 것뿐이라고 생각할 것이기 때문에, 그리고 이번 편지와 비슷한 또 다른 편지를 견뎌 내기엔 내가 너무 힘겹기 때문에…… 부탁하건대, 우리 사이의 편지 왕래는 당분간 중지하기로 하자.

이 편지에 이어, 나는 그녀의 판단에 대해 항변하면서 생각을 돌이켜 줄 것을 호소했고, 다시 한 번 만날 약속을 해 달라고 간청했다.

요전번엔 모든 것이 뒤틀린 재회였다. 무대 장치며 단역 배우며 계절이며, 모든 것이 어긋나 있었다. 게다가 열띠게 편지 왕래를 했으면서도 만남을 위한 준비는 제대로 하지 못했던 것이다.

이번에는 우리가 만나기 전까지는 침묵을 지킬 것이었다.

나는 오는 봄, 그러니까 부활절 방학 동안에 과거의 추억이 나를 지켜 주고, 외삼촌도 무척 반갑게 맞아 줄 퐁그즈마르에서 그녀 자신이 좋다고 생각하는 며칠 동안만 만나기를 원했다.

결심이 아주 확고했기 때문에 편지를 부치고 나서는 곧 학업에 열중할 수 있었다.

그런데 그해 그믐이 가기 전에 나는 알리사를 다시 만날 수밖에 없었다. 몇 달 전부터 건강이 악화되어 몹시 쇠약해진 미스 애슈부르통이 크리스마스 나흘 전에 돌아가셨기 때문이다.

제대한 이후 나는 다시 그분과 함께 살고 있었고, 거의 그분 곁을 떠난 적이 없었다. 그래서 그분의 임종도 지킬 수 있었다.

알리사에게서 온 엽서는, 그녀가 나의 슬픔보다는 우리의 침묵에 대한 맹세를 더 마음에 두고 있다는 느낌을 나에게 주었다. 외삼촌이 장례식에 참석하지 못하기 때문에 자기가 매장하는 것만이라도 보기 위해 참석하겠다고 했다.

장례식에서도, 또 관을 뒤따라갈 때도 그녀와 나, 이렇게 단 둘뿐이었다. 옆에 서서 나란히 걸어가면서도 우리는 몇 마디 말만을 겨우 나누었을 뿐이다.

그러나 교회에서 그녀가 내 곁에 남아 있었을 때, 나는 그녀의 눈길이 나에게 다정하게 머무르는 것을 몇 번이나 느꼈다.

"그럼, 잘 알겠지."

헤어질 순간에 그녀가 말했다.

"부활절 전에는 아무것도……."

"그래, 알았어. 하지만 부활절에는……."

"기다리고 있겠어."

우리는 묘지의 어귀에 있었다. 나는 역까지 바래다주겠다고 말했다.

그러나 그녀는 마차에서 한 번 손짓한 것 외에는, 한마디 작별 인사도 없이 나를 떠나갔다.


5


"알리사가 정원에서 널 기다리고 있어."

4월 말경에 내가 퐁그즈마르에 도착했을 때, 외삼촌은 마치 아버지처럼 나를 껴안으면서 맞이해 주었다.

나는 알리사가 서둘러 나와 나를 맞아 주지 않아서 처음에는 실망했지만, 다음 순간 그녀가 다시 만나게 된 첫 순간의 범속한 인사치레를 우리가 서로 생략할 수 있게 한 것이 고마웠다.

그녀는 정원의 깊숙한 안쪽에 있었다. 해마다 이 계절이면 활짝 피는 라일락, 마가목, 양골담초, 웨즐리아 등의 꽃 덩굴로 빽빽이 둘러싸여 있는 둥그런 갈림길 쪽으로, 나는 천천히 발걸음을 떼었다.

너무 멀리서부터 그녀의 모습이 눈에 들어오지 않게 하려고, 아니면 내가 오는 것을 그녀가 보지 못하게 하려고 나는 정원의 다른 쪽, 나뭇가지 아래로 그늘져서 공기가 서늘한 길을 따라갔다.

나는 천천히 걸어갔다. 나뭇가지 사이로 드러난 하늘은 내 기쁨과도 같이 따뜻하고 눈부시게 빛나며 아련하게 밝았다. 필경 그녀는 내가 다른 길로 오리라 생각하고 기다린 모양이었다.

나는 바로 알리사 등 뒤로 갔다. 그녀는 내가 가까이 가는 것을 알지 못했다.

나는 걸음을 멈췄다……. 그 순간 마치 시간이 나와 함께 멈추어 버린 듯했다. 이 순간이야말로 행복 그 자체보다 앞서 오는, 행복 그 자체도 도저히 미칠 수 없는, 아마도 가장 감미로운 순간이 아닐까 하고 나는 생각했다.

나는 그녀 앞에 무릎을 꿇고 싶었다. 나는 한 발짝 앞으로 다가섰다. 그녀는 그 소리를 듣고는 벌떡 일어섰다. 그녀는 들고 있던 수틀이 땅에 떨어지는 것을 내버려 두면서, 자기의 손을 내밀어 내 어깨 위에 놓았다.

얼마 동안 우리는 그렇게 서 있었다. 그녀는 팔을 뻗치고 미소 띤 얼굴로 고개를 갸웃하고는 말없이 나를 바라보았다.

그녀는 온통 하얀 옷차림을 하고 있었다. 나는 지나칠 정도로 경건했던 그녀의 얼굴에서 언제나 변함없는 그 앳된 미소를 다시 보았다.

"이봐, 알리사! 쉬는 날은 앞으로 열이틀이야. 그렇지만 네가 싫다면 단 하루도 머물지 않을게. 그러니 말이야, '퐁그즈마르

를 떠나야 하는 게 내일이다'라는 것을 표시해 줄 무슨 신호를
하나 정해 두자.

신호를 본 그다음 날은 아무런 항의나 불평 없이 떠나 버릴
게. 괜찮겠어?"

나는 느닷없이 외쳤다. 미리 준비한 말이 아니었기 때문에 한
결 수월하게 말할 수 있었던 것 같다.

그녀는 잠시 생각하더니 말했다.

"식사하러 내려갈 때, 네가 좋아하는 그 자수정 십자가 목걸
이를 내가 달지 않은 저녁……. 알겠니?"

"그게 내 마지막 저녁이란 말이지."

"하지만 눈물이나 한숨 같은 건 없이 넌 떠나야 해."

그녀는 담담하게 말했다.

"작별 인사도 없이. 전날 저녁에 했던 것과 똑같이, 그 마지막
저녁도 나는 너와 예사롭게 마칠 거야. '아직도 알아차리지 못
했나.'라고 네가 의아해 할 정도로 담담하게 말이야. 하지만 그
이튿날 아침에 네가 나를 찾게 될 때, 나는 벌써 그 자리에 없을
거야."

"다음 날에는 나도 더는 너를 찾지 않을 거야."

그녀는 내게 손을 내밀었다. 나는 그 손을 내 입술에 갖다 댔다.

"하지만 지금부터 운명의 저녁까지는 나에게 무엇인가를 예

감하게 하는 일은 없어야 해."

나는 다짐하듯 말했다.

"너도 뒤에 오는 작별에 대해서 아무런 눈치도 보여선 안 돼."

이제는 이 재회의 엄숙한 기분으로 말미암아, 자칫하면 우리
둘 사이에 있을지도 모를 서먹서먹함을 어떻게든 깨뜨려야만
되었다.

잠시 침묵을 지키다 내가 말을 이었다.

"내가 몹시 바라는 건데, 네 곁에서 지낼 이 며칠간이 우리의
지난 옛날과 똑같았으면 참 좋겠어……. 말하자면, 우리가 이
며칠을 무슨 특별한 예외라고 느끼지 않으면 좋겠다는 거야. 그
리고…… 우리 서로 너무 이야깃거리를 찾으려고 애쓰지 않았
으면 좋겠어."

그녀가 웃기 시작하자, 내가 덧붙여 말했다.

"함께해 볼 만한 일은 없어?"

전부터도 우리는 정원을 손질하는 일에 꽤 재미를 붙이곤 했
었다. 옛날 정원사가 그만두고 별 경험이 없는 정원사가 들어온
지 얼마 되지 않았을 뿐더러 정원은 두 달 동안이나 버려진 채
로 있었기 때문에 손볼 일이 많았다.

기운차게 자라나는 것들은 죽은 가지들로 뒤엉켜 있었다. 장
미 나무들도 잘 손질되어 있지 않았고, 너무 자란 어떤 나무의

군가지들은 다른 가지들을 자라지 못하게 하고 있었다.

우리가 손질해 준 장미를 우리는 쉽게 가려낼 수 있었다.

정원의 나무들을 돌보는 일로 분주하게 움직이느라 처음 사흘 동안은 심각한 말을 전혀 하지 않고서도 우리는 여러 가지 이야기를 주고받을 수 있었다. 잠자코 있을 때도 그 침묵이 전혀 거북하게 느껴지지 않았다.

이렇게 하여 우리는 차츰 옛날처럼 익숙해졌다. 나는 어떤 설명보다 이러한 습관에 더 기대를 하고 있었다.

헤어져 있었다는 기억마저도 이미 우리 사이에서는 지워지고 있었고, 번번이 내가 그녀에게 느꼈던 그 두려움도, 그녀가 나에 대해 두려워했던 마음의 긴장도 이제는 거의 다 사라지고 없었다.

지난 가을의 내 서글픈 방문 때보다도 한층 더 앳돼 보이는 알리사는 그때까지의 어느 때보다도 더욱 아름다워 보였다. 그녀와는 아직 키스해 본 적이 없었다.

저녁마다 그녀의 블라우스 위에서 금빛 고리에 매달려 있는 조그만 자수정 십자가가 반짝이는 것을 보았다. 내 마음에서는 다시금 희망이 움트고 있었다. 희망? 그건 이미 내겐 확신이었다. 그리고 나는 이 확신이 알리사의 마음에서도 역시 느껴지리라 짐작했다.

왜냐하면 이제 나는 알리사를 의심하지 않을 만큼 나 자신을 거의 의심하지 않았기 때문이다. 차츰 우리의 대화는 대담해졌다.

향긋한 공기가 미소 짓고, 우리의 가슴이 꽃처럼 피어났던 어느 날 아침 나는 그녀에게 말했다.

"알리사! 쥘리에트도 행복한 지금, 우리가 언제까지 이렇게 있어야 할 이유가 없잖아? 우리도……."

눈길을 그녀의 얼굴에 고정한 채로 나는 천천히 말했다.

그러나 그녀의 얼굴이 갑자기 창백해지는 바람에 나는 내 말을 다 마치지 못했다.

그녀는 내 쪽으로 시선을 돌리지도 않은 채 말했다.

"제롬! 네 곁에서 나는 이보다 더 행복할 수 없을 만큼 큰 행복을 느끼고 있어……. 그러나 진정으로 하는 말이지만 우리는 행복을 위해 태어난 게 아냐."

"아니, 인간의 영혼이 행복보다 뭘 더 바란단 말이야?"

내가 성급하게 소릴 지르자, 그녀는 그 말에 대답이라도 하듯이 나지막하게 중얼거렸다.

"성스러운 것을……."

그 목소리가 너무 작았기 때문에 내가 그 말을 들었다기보다는 그 말일 거라고 짐작했던 것이다.

내 모든 행복이 순간 날개를 펴고 나에게서 빠져나가 하늘로 향하는 것 같았다.

"너 없이는 나는 거기에 이르지 못해."

나는 그녀 무릎에 이마를 파묻은 채 어린애마냥, 서글픔이라기보다는 사랑에 복받쳐 울음을 터뜨리며 말을 이었다.

"너 없인 못 해! 너 없인 안 돼!"

그러고 나서도 그날은 여느 날처럼 지나갔다. 그러나 저녁때 알리사는 작은 자수정 십자가 목걸이를 하지 않고서 나타났다.

나는 충실하게 약속을 지켜, 그 이튿날 동이 트자마자 길을 떠났다.


그 다음다음 날, 나는 아래와 같은 야릇한 편지를 받았다. 그 편지에는 셰익스피어의 시 몇 줄을 인용한 구절이 적혀 있었다.


다시금 그 선율이 — 그건 꺼질 듯 스러지는 선율이었어라 —

오, 오랑캐꽃 핀 언덕 위로

향기 실어다 주며 또한 앗아 가는

달콤한 남풍처럼 내 귀에 들려왔지 — 됐어, 이제는 그만 — .

그건 이제 전처럼 달콤하지가 않구나…….

그래! 나도 모르게 나는 아침 내내 너를 찾았어.

제롬, 난 네가 떠났다는 것을 믿을 수가 없었어.

나는 네가 우리 약속을 지킨 것이 원망스러웠어.

나는 '장난이겠지.' 하고 생각했었어. 덤불 하나하나마다, 그 뒤에서 네가 나타나지 않을까 하고 살펴보기도 했어. 하지만 너는 어디에도 없었어. 네가 떠난 것은 사실이었어.

나는 끊임없이 내 머릿속에 떠도는, 당장 너에게 알려 주고 싶은 몇 가지 생각에 사로잡혔어.

그리고 만약 그 생각을 네게 알려 주지 않는다면, 네게 해 주어야 할 일을 소홀히 하는 거라는 느낌과 함께 마땅히 너에게 비난받을 짓을 하는 거라는 생각이 들어 야릇하고도 뚜렷한 두려움에 사로잡혀서 하루 종일 전전긍긍했어…….

네가 퐁그즈마르에 머무르는 동안, 네가 내 곁에 있었던 처음 몇 시간은 내 온몸과 마음에서 느껴지는 그 야릇한 충족감에 놀랐고, 그다음에는 그 충족감이 불안하게 느껴지기 시작했어.

"이 이상 아무것도 더 바랄 것이 없을 정도의 충족감!"이라고 너는 말했지만, 오오! 나를 불안하게 하는 것이 바로 그 충족감이었어.

내 말이 잘못 이해되지나 않을까 두려워.

가장 강렬한 내 심정의 표현에 지나지 않는 것을, 하나의 까다로운 이론의 전개 — 오! 그 얼마나 어설픈 이론인가 — 라고 생각하지나 않을까 싶어 무엇보다도 두려워.

네가 "충족시켜 주지 않는 것이라면 그것은 행복이 아닐 거야."라고 했던 말 기억나니?

그때 나는 무어라고 대답할지 몰랐어. 그러나 그렇지는 않아, 제롬. 그건 우리를 충족시켜 주지 않아, 제롬.

더할 나위 없는 환희에 가득 찬 충족감, 나는 그것이 진실된 것이라고 생각할 수가 없어.

지난 가을 우리는 그러한 충족감이 그 안에 어떠한 슬픔을 품고 있는지 깨닫지 않았니?

진실한 행복! 아아, 주여! 그러한 충족감이 진실한 것이 아니도록 해 주시옵소서! 우리는 다른 또 하나의 행복을 위해 태어난 것이므로…….

지난날 우리의 편지 왕래가 지난 가을 우리의 재회를 망쳐 버린 것처럼, 이제 너와 여기에서 함께했던 추억이 오늘 내가 쓰고 있는 이 편지의 기쁨을 빼앗아 가는구나.

네게 편지를 쓸 때마다 그렇게 황홀했던 기분이 이제는 어떻게 되어 버린 것일까?

편지를 쓰거나 서로를 마주함으로써 우리는 우리의 애정이 지향할 수 있는 순수한 사랑의 기쁨을 고갈시켜 버린 것은 아닐까.

그래서 이제는, 우리가 뜻한 바는 아니지만 '십이야(十二夜)'에 나오는 오시노처럼 됐어. 이제는 "그만 전처럼 감미롭지가 않아." 하고 소리치게 되어 버렸어.

잘 있어, 내 사랑하는 제롬.

Hicincipit amor Dei.(주를 사랑함은 여기에서 시작하노니.)

아! 내가 너를 얼마나 사랑하고 있는지를 네가 아는지…….

언제까지나 나는 너의 알리사야.

— 알리사


덕행이라는 올가미에 대비해서 나에게는 아무런 방비도 없었다.

온갖 영웅주의가 나를 현혹하면서 내 마음을 줄곧 이끌었다. 왜냐하면 나는 그런 영웅주의를 사랑과 구별하지 않았던 것이다…….

알리사의 편지는 더없이 무모한 열광으로 나를 도취시켰다. 내가 좀 더 덕행을 쌓으려고 한 것도 오직 알리사만을 위한 것이었다는 사실은 의심할 여지가 없었다.

어떤 산길도 그것 위로 올라가기만 하면, 그 길은 나를 알리 사가 있는 곳으로 인도해 줄 것이었다.

아! 대지가 제 아무리 갑작스레 좁아진다 하더라도, 우리 둘 만 받들고 있다면 오히려 넓다고 생각할 것이었다.

아! 나는 그녀의 미묘한 가장을 알아채지 못했다. 그래서 나 는 절정에 이르러 그녀가 다시금 내게서 도망갈 수 있으리라고 는 꿈에도 생각지 못했다.

나는 길게 편지를 써 보냈다. 내가 보낸 편지 가운데에서는 다소 통찰력이 있었다고 생각하는 한 구절만이 지금 기억에 남 아 있다.


나는 거의 언제나, 내 사랑이 내가 지니고 있는 것 가운데 가장 훌륭한 것이라고 생각해.

나의 모든 덕성도 바로 이 사랑에 달려 있는 것이고, 사랑 이야말로 나를 나 이상의 위치로 끌어올려 주는 것이라서, 만일 네가 없다면 나는 극히 평범한 인간이 머무르고 있는 일상적인 높이로 떨어져 내릴 수밖에 없을 것 같아.

너와 함께 있게 되리라는 희망이 있기에 제 아무리 험준 한 산길이라 해도 나에게는 언제나 가장 보람 있는 길이라고 여겨졌어.

내가 여기에다 무슨 말을 덧붙여 놓았기에 그녀는 다음과 같은 회답을 쓰게 되었던 것일까?

그렇지만 제롬, 성스럽게 되는 것이란 선택하는 것이 아니야.
그것은 하나의 의무인 것이지 — 그녀의 편지에선 이 낱말에 밑줄이 셋이나 그어져 있었다 — .
만약 네가, 내가 믿어 왔던 그러한 사람이라면 너 역시 이 의무를 벗어나려 하지는 않을 거야.

이것이 전부였다.
우리의 편지 왕래는 이것으로 그만일 것이고, 제 아무리 교묘한 권유나 굳건한 의지로도 이제는 어쩔 수가 없으리라는 것을, 나는 이해했다기보다 예감했다.
그런데도 나는 거듭 기다랗게 애정이 넘치는 편지들을 그녀에게 써 보냈다.
세 번째 편지를 보낸 연후에야 나는 그녀에게서 짤막한 편지를 받았다.

나의 벗, 제롬!

내가 네게 다시는 편지를 쓰지 않겠다는 결심이라도 했다고는 생각지 말아 줘. 다만 나는 편지 쓰는 것이 더는 재미가 없을 뿐이야.

하지만 네 편지는 아직도 나를 기쁘게 해. 그런데 나는 이렇게까지 네가 마음 써 주고 있는 데 대해 가책을 느껴.

이젠 여름도 얼마 남지 않았구나. 잠시 동안 편지하는 것을 중단하고, 9월 하순의 두 주일 동안을 퐁그즈마르에 있는 내 곁에서 보내는 건 어때? 승낙하겠어?

만일 승낙한다면 회답하지는 마. 네 침묵을 나는 승낙의 표시로 여길 테니. 그러므로 네가 회답 않기를 바라.


나는 회답하지 않았다. 분명 이 침묵은 그녀가 내게 부과한 최후의 시험일지 모른다고 생각했다.

몇 달 동안의 공부, 그리고 몇 주 동안의 여행 뒤 나는 다시 퐁그즈마르로 갔다.

이때 내 마음은 지극히 안정되어 있었다.

이 짤막한 이야기로써, 처음에는 나도 잘 이해하지 못했던 것을 어떻게 독자들이 이해하도록 할 수 있을 것인지? 그때부터 내 모두를 온통 내맡긴 그 비탄의 원인에 관한 이야기 외에 내가 여기서 무슨 말을 할 수 있단 말인가.

지금에 와서는 그녀가 억지로 꾸며 낸 가면 밑에 여전히 사랑의 맥박이 뛰고 있음을 느끼지 못했던 나 자신을 더할 나위 없이 용서할 수 없는 마음이지만 — 그래서 더욱 가슴 깊이 통탄하고 있지만 — , 나는 처음에는 오직 그 꾸며 낸 가면밖에는 보지 못했고, 지난날의 모습을 다시 찾아볼 길이 없다고 알리사를 비난했기 때문이다…….

아니야, 그때조차도 나는 당신을 나무랐던 것이 아니오, 알리사!

다만 지난날의 당신을 그때는 더 찾아볼 길이 없었기 때문에 절망적으로 울었던 것이오.

당신 사랑이 지닌 그 침묵의 술책과 그 가혹한 기교에서 당신 사랑의 힘을 측정할 수 있게 된 지금은, 당신이 더욱더 가혹하게 나를 슬프게 한다 할지라도 나는 더욱더 당신을 사랑할 수밖에 없을 것 같소.

경멸? 무관심? 아니다, 이겨 내야 할 것은 아무것도 없었다. 내가 맞부딪쳐 싸울 아무런 대상도 없었던 것이다. 그래서 나는 이따금씩 망설였던 것이고, 내 불행이란 내가 꾸며 낸 것이 아닐까 하고 의심해 보았던 것이다.

내 불행의 연유는 그토록 미묘한 것이었고, 알리사는 그토록 교묘하게 시치미를 떼고 있었던 것이다.

그렇다면 도대체 나는 무엇을 한탄했던 것일까? 그녀가 나를 대하는 태도는 그 어느 때보다도 더 부드럽고 상냥했다. 전에는 결코 이보다 더 친절하고 더 상냥한 적이 없었다.

첫날에는 그녀의 그러한 태도에 거의 속아 넘어갔다……. 납작하게 바싹 졸라맨 새 머리 모양은 그녀가 아주 다르게 보일 정도로 그녀의 얼굴을 딱딱하게 보이게 했다. 하지만 그것이 뭐가 그리 중요하겠는가.

꺼칠꺼칠하고 보기 흉한 천으로 지은 침침한 빛깔의 어울리지 않는 겉옷이 그녀의 섬세한 몸짓을 어색하게 만들고 있다는 것쯤, 그게 무슨 그리 중대한 일이겠는가……?

이런 것쯤이야 결코 고칠 수 없는 것이 아니지 않나. 바로 내 일이라도 제 스스로, 또는 내 부탁으로 고칠 수 있는 아주 사소한 일이라고, 어리석게도 나는 그렇게 생각했던 것이다. 나는 그보다도 우리 사이에서는 좀처럼 그런 예가 없었던 그녀의 상냥함과 친절한 보살핌이 더 슬프게 느껴졌다.

나는 거기에서 그녀의 사랑보다는 결심을, 그리고 말하기도 두려운 일이지만 애정보다는 예의를 찾아보게 될까 봐 두려웠다.

저녁때 응접실에 들어서면서 나는 언제나 그 자리에 놓여 있던 피아노가 보이지 않아 깜짝 놀랐다. 나는 실망한 목소리로 외쳤다.

"피아노는 지금 수리 중이야."

알리사가 아주 태연한 소리로 말했다.

"얘야, 그러기에 내가 몇 번이나 말하지 않던."

엄하다고 할 만큼 나무라는 어조로 외삼촌이 말했다.

"지금까지도 쓸 수 있었던 것이니, 제롬이 떠날 때까지 기다렸다가 고치러 보낼 수도 있었잖니? 네가 서두르는 바람에 우리는 커다란 즐거움을 하나 잃어버렸구나."

새빨개진 얼굴을 감추느라 고개를 돌린 채 알리사가 말했다.

"하지만 아버지, 정말 요즘은 빈 소리가 너무 나서 제롬 역시 어떤 곡도 치지 못했을 거예요."

"네가 칠 땐, 그렇게 나쁜 것 같지 않던데그래."

외삼촌이 못마땅한 기색을 담아 말했다.

그녀는 얼마 동안 그늘진 쪽으로 몸을 기울인 채 안락의자 덮개의 치수를 재는 데에만 정신이 빠진 듯, 한참 동안 아무 말이 없었다. 그러다가 이윽고 방에서 나가더니 한참만에야 외삼촌이 저녁마다 드시는 물약을 쟁반에 받쳐 들고 돌아왔다.

그다음 날도 그녀는 그 머리 모양이나 옷맵시를 바꾸지 않고 있었다. 그녀는 집 앞 벤치에 앉아 있는 아버지 곁에서 전날 저녁에도 하던 바느질, 바느질이라기보다는 깁는 일을 계속했다.

　벤치 위나 아니면 탁자 위에다 그녀는 해진 헌 양말짝들이 가득 담긴 커다란 바구니를 놓아두고서는 줄곧 일감을 꺼내는 것이었다.

　며칠 뒤에는 이것이 냅킨이나 홑이불 등으로 바뀌었다…….
그녀는 이 일에 완전히 골몰한 모양인지 입술에는 전혀 표정이 없었고, 눈에서도 광채를 찾아볼 수 없었다.

　"알리사!"

　첫날 저녁이었다. 옛 모습을 거의 찾아볼 수 없을 만큼 달라진, 시선을 잃은 그녀의 얼굴에 놀라서 나는 소리쳤다. 나는 조금 전부터 그녀의 얼굴에 시선을 고정하고 있었지만, 그녀는 내 시선을 의식하지 못하는 것 같았다.

　"왜 그래?"

　고개를 들면서 그녀가 말했다.

　"내 말이 들리는지 알아보고 싶었던 거야. 너무도 내게서 떨어져 있는 것 같기에."

　"아니야, 나는 여기 있는걸. 그런데 이건 여간 주의하지 않고서는 잘 기울 수가 없어."

"바느질을 하는 동안 내가 책이라도 읽어 주면 좋지 않을까?"

"아주 잘 들을 수 있을 것 같지는 않아."

"어쩌자고 그렇게 성가신 일거리를 붙잡고 있니?"

"어차피 누군가가 해야 할 일인걸."

"이런 일로 밥벌이를 하는 아낙네들이 허다하지 않아? 또 네가 또 이따위 일을 기를 쓰고 하는 것이 절약하자고 그러는 것은 아니잖아?"

그녀는 대뜸, 어떠한 일도 이보다 더 재미있지 않을 뿐만 아니라, 벌써 오래전부터 이런 일만을 해 와서 지금은 다른 일에는 도무지 손을 댈 엄두도 내지 못한다고 단언하는 것이었다…….

말을 하면서도 그녀는 줄곧 미소를 띠고 있었다. 그녀의 음성이 이 순간보다도 더 부드러웠던 적은 결코 없었지만, 그래도 나는 끝없이 슬퍼지기만 했다.

그녀의 얼굴은 마치 "나는 당연한 이야기를 하는데 너는 왜 그리도 슬퍼하니?" 하고 말하는 듯했다.

그때 내 마음에 가득했던 온갖 항변은 입술에까지 올라오지도 못한 채 오히려 내 숨길을 막아 버렸다.

그 다음다음 날, 우리는 정원에서 장미꽃을 꺾었다. 그 일이 끝났을 때 그녀는 그해 들어 내가 아직 들어가 보지 못했던 그녀의 방으로 장미 다발을 들어다 달라고 부탁했다.

그녀의 그 말에 나는 얼마나 희망으로 부풀었던가!

그러면서 나는 내 슬픔을 다시 한 번 내 잘못으로 돌렸다.

그녀의 단 한마디 말로 내 마음의 병은 나아 버릴 수 있었던 것이다.

그 방에 들어서면서 가슴이 설레지 않은 적은 한 번도 없었다.

거기에는 언제나 알리사의 모습을 느끼게 하는 아늑한 정적이 감돌고 있었다. 창과 침대 위 둘레에 친 커튼의 푸른 그늘, 반들반들한 마호가니 가구들, 방 안의 정결함과 잘 정돈된 분위기…….

이런 모든 것이 내 마음에 알리사의 티 없는 순결함과 사색적인 우아함을 이야기해 주었다.

그날 아침, 나는 그녀의 침대 옆 벽에, 이탈리아에서 내가 가져다준 커다란 마사초의 사진 두 장이 보이지 않아 깜짝 놀랐다. 어떻게 된 거냐고 내가 막 물어보려는 찰나에, 내 시선은 바로 그 옆, 그녀가 애독하는 책들을 얹어 두는 선반 위에 멈췄다.

이 얼마 되지 않는 장서들의 절반은 내가 준 책들이었고, 절반은 그녀가 둘이서 함께 읽었던 것으로 서서히 채워 온 책들이었다.

나는 그 책들이 말끔히 치워져 있고, 그 대신 그녀가 그저 경멸감을 가지고 보았으면 했던 통속적인, 너무나 경박한 신앙심에 대해 쓴 너절한 소책자들을 죽 꽂아 놓은 것을 곧 알아볼 수 있었다.

갑자기 눈을 들자 나를 지켜보며 웃고 있는, 그렇다, 나를 쳐다보며 웃고 있는 알리사가 그곳에 있었다.

"미안해. 내가 웃은 것은 네 얼굴 때문이야. 내 책장을 살피면서 느닷없이 얼굴을 찌푸리는 것이 어쩌나……."

그녀는 웃으며 말했지만, 나는 전혀 농담을 할 기분이 아니었다.

"아니, 알리사, 정말 이것이 요즈음 네가 읽고 있는 책들이야?"

"그래. 왜 놀라니?"

"교양 있는 양식에 습관이 든 지성인이라면, 구토증을 느끼지 않고서는 저따위 무미건조한 것들에서는 이미 아무런 맛도 즐거움도 느낄 수 없을 텐데……. 난 네가 이미 저런 것에서는 아무런 즐거움도 느낄 수 없게 되었으리라고 생각했어."

그러자 그녀가 말했다.

"난 너를 이해할 수 없구나. 이 책들을 지은 사람들은 최선을 다해 자기가 생각하는 바를 표현하고 있어. 이들은 아무런 꾸밈

도 없이 나와 함께 이야기하는 겸허한 영혼들이야. 그리고 난 이런 이들과 함께 있는 것이 즐거워. 나는 처음부터 알고 있었지만, 이 사람들은 결코 미사여구의 함정에 빠지지 않을 거야. 그리고 난 이들이 쓴 책을 읽으면서부터는 하느님을 모독하는 헛된 찬양을 하지 않게 되었어."

"그래서 이제는 이런 것들밖에는 안 읽는 거야?"

"그렇다고 할 수 있어. 그래, 몇 달 전부터는. 게다가 책 읽을 시간도 별로 없어. 정말은 아주 최근에도, 그전에 네가 감탄할 만하다고 말했던 그 위대한 작가들 가운데 한 명의 책을 다시 읽으려고 해 보았지만, 성경에 나오는 '제 키를 한 자 늘여 보려고 애쓴 사나이'와 같은 결과를 얻을 수밖에 없다는 사실만 확인했어."

"그렇게도 괴상한 생각을 갖게 한 그 위대한 작가란, 누구를 말하는 거니?"

"그 작가가 그런 생각을 일으킨 것은 아니지만, 그 작가의 저서를 읽다 보니 그런 생각이 든 거야. ……파스칼이야. 아마 그리 좋지 않은 구절을 읽었던 모양이야."

나는 너무나 안타까워 몸을 가만히 둘 수가 없었다. 그녀는 아직 다듬지 못한 꽃다발에서 눈을 들지도 않고서, 마치 한 과제를 암송하듯이 단조롭고 맑은 목소리로 말했다.

한순간 그녀는 내 안타까워하는 몸짓에 멈칫하며 말을 중단하더니, 이내 똑같은 억양으로 계속 이야기했다.

"그런 호언장담은 정말 사람을 놀라게 해. 그리고 그런 노력에도 놀라지 않을 수 없어. 그런데도 그런 것을 증명하는 것은 거의 없잖니. 때때로 나는 파스칼의 그 비장한 어조가 신앙에서 온 것이라기보다 오히려 회의의 결과가 아닌가 하는 생각이 들기도 했어. 완전한 신앙을 가진 사람이라면 그토록 연약하게 눈물을 흘린다거나 그토록 떨리는 목소리를 내거나 하는 일은 없을 테니까."

"파스칼의 어조가 아름다운 까닭은 바로 그런 떨림, 그런 눈물에 있는 거지."라고 나는 항변하려 했지만, 도무지 그럴 용기가 나지 않았다.

왜냐하면 내가 알뜰히 사랑했던 알리사의 그 어떠한 면도 그녀의 이러한 말에서는 찾아볼 수 없었기 때문이다.

나는 지금 기억나는 대로 그때의 대화를 옮기고 있다. 그 일이 지난 뒤에 생각한 수식이나 논리를 그 말에 갖다 붙이지는 않았다.

그녀는 계속 말을 이어 나갔다.

"만일 그가 현세의 생활에서 우선 자기 즐거움이라는 것을 없애 버리지 않았다면, 현세의 생활을 저울에 놓고 달아 본다면 아마…….”

“그렇다면?”

나는 그녀의 이상스런 이야기에 놀라서 물었다.

“파스칼이 제의하는, 그 확실치 않은 지복보다는 현세의 생활 쪽으로 기울었을지도 몰라.”

“그럼, 너는 파스칼이 말하는 그 지복을 믿지 않는 거야?”

내가 마치 부르짖듯이 묻자, 그녀가 말을 이었다.

“그런 건 아무래도 좋아! 장사 거래 같다는 혐의를 벗으려면 그 지복이 차라리 불확실한 편이 좋겠어. 주를 사모하는 영혼이 덕행을 쌓으려 하는 것은 무슨 보상을 바라는 마음에서가 아니라 타고난 고귀한 마음씨 때문이니까.”

“파스칼과 고귀한 마음의 피난처인 그 은밀한 회의주의라는 것이 바로 거기에서 나온 거야.”

“회의주의가 아니야, 장세니슴이야.”

그녀가 미소 지으며 말했다.

“하지만 그런 게 내게 무슨 상관이 있니! 여기에 있는 이 가련한 영혼들은…….”

그리고 그녀는 자기 책들이 있는 데로 몸을 돌렸다.

“자기들이 장세니스트인지 키에티스트[靜寂主義者]인지, 그렇잖으면 또 다른 무엇인지 말해 보라면 대단히 난처할 거야.

이 영혼들은 마치 바람에 눕는 풀잎들처럼 아무런 악의도 아무런 괴로움도 없고, 또 아무런 아름다움도 없이 그저 주 앞에 고개를 숙이고 있어. 보잘것없는 존재라고 자처하고서, 오직 주 앞에서 자기들 스스로의 모습을 지워 버리는 것으로써만 어떠한 가치를 얻게 된다는 것을 그들은 알고 있어."

나는 더는 참지 못하고 큰 소리로 물었다.

"알리사! 너는 왜 네 날개를 떼어 버리려고 하는 거야?"

그녀의 음성이 너무도 차분하고 자연스러웠기 때문에 나의 외침은 나 자신에게조차도 우스꽝스러울 만큼 과장되게 들렸다.

고개를 흔들면서 그녀는 미소를 지었다.

"이번에 파스칼을 읽고서 내가 얻은 거라고는……."

"그래, 그게 도대체 뭐야?"

그녀가 말을 하다 말고 멈추었으므로, 내가 다그치듯 물었다.

"그리스도의 이 말씀뿐이야. '무릇 자기 목숨을 보존하고자 하는 자는 잃을 것이요…….' 그 나머지에 관해서는……."

그녀는 전보다도 더 크게 미소 지으면서, 나를 똑바로 쳐다보며 말을 이었다.

"거의 이해가 되지 않아. 이 작은 사람들과 어울려서 얼마 동안 지내다가 위대한 사람들의 숭고함을 대하고 보면, 그런 숭고함이 얼마나 빨리 이쪽을 숨 가쁘게 하는지 정말 이상스러울 정도야."

당황한 나는 그녀의 말에 적당하게 대꾸할 말을 찾아내지 못했다.

"만일 오늘이라도 너와 함께 이 모든 설교집이나 수상록 등을 꼭 읽어야 한다면, 나는……."

그러자 그녀가 내 말을 막았다.

"그렇지만 네가 이것들을 읽는 것을 보게 된다면, 나는 더 서글퍼질 거야! 정말 너는 이런 것보다는 훨씬 더 나은 것을 위해 태어났다고 나는 믿고 있어."

그녀는 극히 간단한 어조로, 우리 두 사람의 삶을 확연하게 갈라놓는 이런 말이 얼마나 내 가슴을 아프게 찢어 놓고 있는지는 조금도 염두에 두지 않은 채 이야기를 했다.

내 머리는 마치 불이라도 붙은 것처럼 뜨거워졌다. 나는 좀더 이야기하고, 그리고 울고 싶었다.

아마도 그때 그녀가 내 눈물을 보았다면 굴복했을지도 모른다. 그러나 나는 벽난로 위에 팔꿈치를 짚고 얼굴을 두 손으로 감싼 채 잠자코 있었다.

그녀는 내 괴로움이 눈에 띄지 않는지, 어쩌면 보고서도 시치미를 떼는지 계속해서 조용히 꽃만 다듬었다…….

그때 식사를 알리는 종소리가 울렸다.

"어머나, 이러다간 점심 식사도 준비하지 못하겠네. 제롬, 먼저 가. 이 이야긴 나중에 다시 하기로 해."

그녀는 마치 무슨 장난에 관한 이야기나 한 것처럼 대수롭지 않게 말했다.

그 이야기에 관한 대화는 되풀이되지 않았다. 알리사는 끊임없이 나에게서 빠져나갔다. 하지만 그녀가 몸을 피하는 것 같았다는 얘기는 아니다. 다만 우연히도 갖가지 일이, 나와의 시간을 갖는 것보다 훨씬 중요하고 급한 의무로서 그녀에게 부과되었던 것이다.

난 차례를 기다렸다. 그러나 내 차례는 끊임없이 되풀이되는 집안 살림이라든가, 꼭 하지 않으면 안 되는 곳간 일의 감독이라든가, 소작인들의 가정 방문, 그녀가 점점 더 많은 관심과 시간을 쏟고 있는 빈민들의 가정 방문이라든가 이런 일이 다 끝난 다음에야 가까스로 돌아올 뿐이었다.

그런데 그것도 얼마 안 되는, 급하게 지나가 버리는 그녀의 자투리 시간밖에 차지할 수가 없었다. 나는 언제나 분주한 모습을 하고 있는 그녀를 그저 바라다볼 뿐이었다.

자질구레한 일에 얽매인 그녀를 보다가, 그녀 꽁무니에 붙어 다니는 것을 스스로 단념했다. 그렇게 해야 알리사가 얼마나 나를 소홀히 대하고 있는지를 거의 느끼지 않을 수 있었기 때문이다.

극히 짤막한 대화 속에서 그런 사실을 더욱 확연하게 알 수 있었다. 알리사가 잠시 동안 틈을 내준다 하더라도 사실상 어설픈 이야기밖에 주고받지 못했고, 그녀는 그런 이야기조차 마치 어린애랑 장난치는 것처럼 가볍게 취급할 뿐이었다.

그녀는 멍청하게 웃음을 띠면서 내 곁을 재빨리 지나쳐 다녔다. 그럴 때마다 나는 그녀가 전연 알지 못했던 사람이라고 생각될 만큼 멀리 있는 것처럼 느껴졌다.

그뿐만 아니라, 나는 간혹 그녀의 미소에서 무언지 모를 모멸감 같은 것, 어딘지 모를 빈정거림 같은 것을 느꼈다. 또 그녀가 그렇게 함으로써 내 욕망을 피하는 데에 재미를 느끼고 있는 것 같이 보이기도 했다.

…… 그러면 나는 이런 비난에 더는 빠져들지 않겠다고 결심했다. 그뿐만 아니라 내가 그녀에게 기대할 수 있는 것이 무엇인지, 그녀를 비난할 수 있는 것이 무엇인지를 이미 알 수 없게 되어, 그녀에 대한 불평불만을 금방 나 스스로에게로 돌리곤 했다.

이렇게 해서 내가 그처럼 많은 행복을 기대했던 날들은 흘러가 버렸다.

나는 날짜가 하루하루 지나가는 것을 멍하니 바라볼 뿐, 머무를 날들을 늘이고 싶지도 않았으며, 시간의 흐름을 느리게 바꾸고 싶지도 않았다. 그만큼 하루하루가 나의 고통을 키웠기 때문이었다.

　그렇지만 내가 출발하기 전전날 알리사가 나를 데리고 버려진 이회암 채굴터의 그 벤치에 갔을 때 ─ 안개 한 점 없는 지평선에 이르기까지 온갖 사물이 아주 작은 부분까지 파랗게 물들어 보이고, 흘러가 버린 과거의 가장 어렴풋한 추억까지도 또렷하게 되살아나는 것 같은, 맑은 가을날 오후였다 ─ 나는 내 안에서 치밀어 오르는 하소연을 참을 수가 없어서, 도대체 어떤 행복을 잃었기에 내가 지금 이렇게도 불행하게 되었느냐고 추궁하듯 물었다.

　"내가 어떻게 할 수 있겠니? 넌 지금 어떤 환영을 사랑하고 있는 거야."

　그녀가 대뜸 이렇게 말했다.

　"아니야, 결코 환영을 사랑하는 것은 아니야, 알리사."

　"상상 속의 어떤 모습이겠지."

　"아! 나는 그런 걸 만들어 내고 있지 않아. 그녀는 내가 사랑하는 사람이었어. 나는 그녀를 기억하고 있어. 알리사! 그대는 내가 사랑하는 연인이었어. 그대는 자신에게 무슨 짓을 해 버린 것인가, 무엇이 되어 버린 것인가?"

　그녀는 얼마 동안 아무 대꾸도 없이 가만히 있었다. 고개를 숙이고 꽃잎을 천천히 뜯으면서. 그러다가 마침내 입을 열었다.

"제롬! 왜 그전보다 나를 덜 사랑한다고 솔직히 말하지 않는 거니?"

"사실이 아니니까! 사실이 아니기 때문이란 말이야. 내가 이 보다 더 너를 사랑한 적은 없기 때문이야."

나는 격분하여 소리쳤다.

"너는 지금의 나를 사랑하고 있고……, 그러면서도 너는 예전 의 나를 아쉬워하고!"

그녀는 억지로 미소를 지으려 하면서 약간 어깨를 추켜올리 며 말했다.

"나는 내 사랑을 과거에다 붙들어 매어 둘 수는 없어."

내 발밑에서 땅이 꺼져 내려앉는 듯했다. 그래서 나는 어느 것에라도 매달리고 싶었다.

"사랑도 다른 것과 더불어 흘러갈 수밖에 없는 거야."

"내 사랑은 죽는 날까지 나와 함께 있을 거야."

"그것도 차츰 스러져갈 거야. 제롬이 지금도 사랑한다고 주 장하는 그 알리사는 이젠 이미 제롬의 추억 속에 있을 뿐이야. 그런 것처럼 언젠가는 누군가를 사랑했다는 추억만 남게 될 거 야."

"너는 마치 무엇인가가 내 가슴속에서 너와 자리를 바꿀 수 있는 것처럼, 또는 마치 내 마음이 너를 사랑하기를 그만두기라도 해야 하는 것처럼 말하고 있어. 네 자신이 나를 사랑한 적이 있었다는 것조차 기억하지 못하는 것 같아. 그렇지 않고서야 나를 괴롭히는 일을 그렇게 아무렇지 않게 할 수 있을까!"

나는 그녀의 핏기 없는 입술이 바르르 떨리는 것을 보았다. 거의 알아들을 수 없는 목소리로 그녀는 중얼거렸다.

"아냐, 아냐. 알리사는 그 마음이 변치 않았어."

"그렇다면 알리사, 아무것도 변한 것이 없잖아."

나는 그녀의 팔을 꼭 쥐며 말했다.

그녀는 좀 더 자신 있는 목소리로 말을 이었다.

"한마디면 다 설명될 거야. 왜 솔직하게 말해 버리지 못하니?"

"무슨 말?"

"나는 나이가 많아."

"그만둬."

나는 곧장, 나 역시 그녀 못지않게 나이를 먹었고, 우리 두 사람의 나이 차이는 예전이나 다름없다고 주장했다…….

그러나 그녀는 다시 제정신을 차렸다. 이렇게 해서 나에게 주어진 유일한 기회는 지나가 버리고 말았다.

나는 말다툼에 이끌려 들어 유리했던 점들을 잃고 말았다. 나는 어찌할 바를 몰랐다.

이틀 뒤에 나는 퐁그즈마르를 떠났다. 그녀와 나 자신에 대해 불만을 품으면서, 또 내가 그때까지도 '덕행'이라고 부르던 것에 대한 막연한 증오감과 바깥을 향한 내 마음의 여전한 집념에 분노를 품고서.

그 마지막 해후에서 내 사랑의 과장, 바로 그것 때문에 내 모든 열정이 소진한 것 같았다. 처음엔 나도 항변해 보려 했지만, 알리사의 말 한 마디 한 마디는 내 항변이 침묵에 잠겨 버린 다음에도 여전히 생생하고 의기양양하게 내 마음속에 머물러 있었다.

그래! 분명코 알리사의 말이 옳았어! 나는 사랑의 환영만을 그리고 있는 것이다. 내가 사랑했던, 그리고 지금도 내가 사랑하고 있는 알리사는 이미 존재하지 않는다…….

그래! 분명코 우리는 늙었다! 내 가슴을 온통 얼어붙게 했고 소름 끼치게 했던, 그녀가 상실한 시취(詩趣)시도 결국 따지고 보면 자연스러운 상태로 돌아간 것에 지나지 않는다.

만일 내가 조금씩 떠받들어 그녀를 한층 더 높이고, 내가 좋아 하는 모든 것으로 그녀를 장식하여 하나의 우상으로 만들었다고 한들, 그러한 내 수고에서 피곤 이외의 그 무엇을 발견했겠는가…….

아! 나 혼자만의 노력으로 그녀를 올려놓았던 그 높은 곳에서, 다시 그녀와 함께하기 위해 힘썼던 그 덕행에 대한 헌신적인 노력도 이제는 얼마나 어리석고 꿈같은 것이 되어 버렸는가?

긍지가 조금만 덜했다면 우리 사랑은 힘들지 않았을 것이다……. 그러나 대상을 잃은 사랑에 집착하는 것은 무엇을 의미하는 것일까?

그것은 고집일 뿐이며, 그렇게 한다고 해서 더는 충실한 태도가 되는 것도 아니다. 구태여 충실하다고 말해 본들 무엇에 대한 충실일 것인가?

오직 하나의 과오에 대한 충실일 따름이므로, 가장 현명한 것은 잘못 생각하고 있었다는 것을 자인하는 것이 아닐까?

그러던 차에 아테네 학원의 추천을 받고서, 나는 아무런 야망이나 흥미도 없이 다만 떠난다는 생각에 빠져 마치 무슨 탈출이나 하는 것처럼 기꺼이 입학하기로 결정해 버렸다.

6

그런데도 나는 또다시 알리사를 만났다. 그것은 3년이 지나서였다.

　나는 그 이전에 그녀의 편지로 외삼촌의 죽음에 관해 알고 있었다.

　나는 그때 여행하고 있던 팔레스타인에서 곧장 그녀에게 꽤 긴 편지를 보냈지만, 아무런 답장도 오지 않았었다.

　르아브르에 있었던 내가 어떤 구실을 만들어 자연스럽게 퐁그즈마르에 갔는지 지금은 기억나지 않는다.

　알리사를 거기서 만나게 되리라는 것을 알고 있었지만, 그녀가 혼자 있지 않으리라는 것이 마음에 걸렸다.

　나는 그곳에 간다는 것을 미리 알리지 않았다. 일상적인 방문처럼 나타나야 한다는 생각에 적잖이 짜증이 났고, 어떤 쪽으로도 결정하지 못한 나는 불안한 마음을 안은 채 그냥 걸음을 옮겨 놓았다.

　들어갈까? 아니면 차라리 만나지 말고, 만나려 하지도 말고 그냥 되돌아설까……?

　그래, 그렇게 하자. 저 나무들이 늘어서 있는 길이나 산책하자.

　어쩌면 요즈음도 그녀가 가끔 와서 앉을지도 모르는 그 벤치에나 좀 앉아 볼까……. 그러나 이미 나는, 내가 떠난 다음에라도 내가 왔었다는 것을 그녀에게 알려 줄 표적을 어떻게 남길까를 궁리하고 있었다.

이런 생각을 하면서 나는 느리게 걸음을 옮겼다. 그녀를 만나지 않기로 결심하고 나자, 가슴을 죄는 듯하고 아릿했던 슬픔이 달콤한 우수로 바뀌었다.

그러다 보니 벌써 나무들이 늘어서 있는 길에 이르렀다. 나는 들킬까 봐 조바심이 나서 농가의 안마당을 경계 짓는 둑을 따라 길 가장자리를 걸어갔다.

나는 알리사네 정원 안을 내려다볼 수 있는 둑의 한 지점을 알고 있었다. 나는 그곳으로 올라갔다.

내가 알지 못하는 한 정원사가 오솔길의 잡초를 긁어모으고 있었으나, 곧 내 시야에서 벗어났다. 새로 만든 산울타리가 안마당을 둘러싸고 있는 점이 예전과 달랐다.

내가 지나가는 발자국 소리를 듣고 개가 짖어 댔다. 나는 좀 더 나아가서 나무가 늘어진 길 끝에 이르러 정원이 흙담에 마주치자 오른쪽으로 돌았다.

빠져나온 길과 평행으로 나 있는 너도밤나무 숲으로 가는 도중 과수원의 비밀문 앞을 지나게 되자, 순간 그리로 해서 정원에 들어가 볼까 하는 생각이 불쑥 나를 사로잡았다.

문은 잠겨 있었다. 그러나 안쪽 빗장이 별로 튼튼치 못하여 어깨를 대고 한번 밀치자 부러질 것 같았다……. 바로 그때 발자국 소리가 들렸다. 나는 흙담의 움푹 팬 곳에 몸을 감추었다.

정원에서 나온 사람이 누군지는 볼 수 없었다. 그러나 그 발자국 소리를 듣고서 알리사라고 느꼈다. 그녀는 앞으로 걸어 나오며 힘없이 불렀다.

"제롬, 너니……?"

맹렬히 뛰던 심장의 고동이 멈추고 목소리가 잠겨 말이 나오지 않았다. 그녀는 목소리를 높여 또다시 불렀다.

"제롬! 너지?"

이렇게 나를 부르는 그녀의 음성을 듣자, 온몸을 죄는 감동이 너무도 벅차 나도 모르게 무릎을 꿇고 말았다.

여전히 내가 대답을 못하고 있자, 알리사는 몇 걸음 앞으로 나와 흙담을 돌았다.

그러자 느닷없이 내 몸에 — 그녀를 보는 것이 두려워 두 팔로 얼굴을 감싸고 있던 나에게 — 그녀가 와 닿는 것이 느껴졌다. 그녀는 가냘픈 자기 손을 내가 입맞춤으로 뒤덮고 있는 동안, 내 쪽으로 몸을 기울이고 얼마 동안 가만히 있었다.

"왜 숨어 있었니?"

3년 동안의 이별이 마치 며칠 동안의 헤어짐에 지나지 않는 것처럼, 그녀는 담담하게 말했다.

"어떻게 나라는 것을 알았어?"

"나는 너를 기다리고 있었어."

"나를 기다리고 있었다고?"

나는 너무도 놀란 나머지 믿기지 않는 얼굴로 그녀의 말을 되풀이할 수밖에 없었다.

내가 여전히 무릎을 꿇고 있자, 그녀가 말했다.

"벤치 있는 데로 가자꾸나. 그래, 나는 너를 다시 한 번 만나게 되리라는 것을 알고 있었어. 사흘 전부터 나는 매일 저녁 여기에 와서 오늘 밤에 했듯이 너를 불렀어. 왜 대답을 하지 않았니?"

나는 나를 숨 막히게 할 뻔한 감동을 억누르며 말했다.

"만일 네가 갑자기 나타나지 않았더라면, 나는 너를 만나지 않고 떠나 버렸을 거야. 마침 르아브르를 지나던 길이었는데, 저 길을 산책하고 정원 둘레도 돌아본 다음, 요즈음도 네가 와서 앉을 듯싶은 이회암 채굴터에 있는 그 벤치에서 잠시 쉬어 갈까 했던 것뿐이야."

"사흘 전 저녁부터 내가 여기에 와서 무엇을 읽었는지 좀 보렴."

그녀는 내 말을 끊고 말했다. 그러고는 편지 묶음을 내게 내밀었다.

내가 이탈리아에서 써 보냈던 편지들임을 한눈에 알 수 있었다.

순간 나는 그녀에게로 눈을 돌렸다. 그녀는 엄청나게 변해 있었다.

그녀의 야위고 핼쑥한 모습이 나의 가슴을 무겁게 죄었다. 내 팔에 기대어 의지해 있는 그녀는 춥거나 두려운 사람처럼 내게 바싹 붙어 있었다. 그녀는 아직도 상복 차림이었는데, 모자 대신 쓰고 있던 검정 레이스 때문에 그녀 얼굴이 더욱 창백하게 보였을 것이다.

그녀는 미소 짓고 있었으나 금방이라도 기절할 것처럼 보였다.

문득 나는 퐁그즈마르에 그녀 혼자 있지나 않는지 염려스러워졌다.

하지만 로베르가 그녀와 함께 거기서 살고 있고, 쥘리에트와 에두아르, 그리고 그들의 세 아이들이 이곳에서 8월을 지내기 위해 왔다는 말을 듣고 다소 마음을 놓았다.

우리는 벤치에 가서 앉았다. 그리고 둘이서 얼마 동안 진부한 이야기만을 주고받는 것으로 대화를 이어 나갔다.

그녀는 내 학업의 진전에 관해서 궁금해 했다. 나는 내키지 않는 기분으로 대답했다.

내겐 학업이 이제는 더 내 흥미를 끌고 있지 않다는 것을 그녀가 느껴 주었으면 싶었다.

그녀가 전에 나에게 환멸을 느끼게 한 것과 마찬가지로, 이번에는 내가 그녀에게 환멸을 주고 싶기도 했다.

생각대로 되었는지는 지금도 모르지만, 아무튼 그녀는 끝내 아무런 내색을 하지 않았다.

나로선 울분과 동시에 애정이 마음에 들어차 있었기 때문에 될 수 있는 대로 쌀쌀하게 말하려고 애를 썼다.

그러나 이따금 복받쳐 올라오는 감동으로 인해 말소리가 떨려 나와 내 자신이 정말 원망스러웠다.


조금 전부터, 조각구름 하나가 가리고 있던 석양이 우리 두 사람의 정면에서 그 모습을 나타내었다. 그러더니 텅 빈 들판을 출렁거리는 낙조로 채우고, 우리 발밑에 펼쳐져 있는 조그마한 협곡을 갑자기 현란한 붉은 빛으로 메우다가 이윽고 사라지고 말았다.

나는 그러한 모습에 현혹되어 말없이 앉아 있었다. 그 빛나는 황홀감이 다시 한 번 나를 휘감으며 내 온몸 속으로 스며드는 것을 느꼈다. 동시에 원망하는 마음은 일시에 사라져 버리고, 내 마음속에는 사랑의 속삭임밖에 들리지 않았다.

나에게 몸을 굽히고 기대어 있던 알리사가 몸을 일으켰다. 그녀는 겉옷에서 얇은 종이로 싼 아주 작은 상자를 꺼내더니, 그것을 내게 내밀려다 그만두었다.

무엇인가를 망설이는 것 같았다.

내가 놀라서 그녀를 쳐다보고 있으려니 그녀가 말했다.

"제롬, 들어 봐. 여기에 들어 있는 것은 내 자수정 십자가야. 오래전부터 네게 주고 싶었기 때문에 사흘 전부터 가지고 다녔어."

"그걸 어떻게 하라는 거야?"

내가 퉁명스레 말했다.

"나에 대한 추억으로 네가 지니고 있다가 너의 딸에게 주었으면 해."

"딸이라니?"

나는 무슨 말인지 깨닫지 못하고 알리사를 바라보며 소리쳤다.

"내가 하는 말을 침착하게 잘 들어 줘, 제발. 아니, 그렇게 쳐다보지는 말고. 네게 말하는 것이 벌써부터 너무나 고통스러워.

하지만 이건 네게 꼭 말하고 싶어. 제롬, 들어 봐. 어느 날엔가는 너도 결혼할 것 아니니? 아냐, 내 말에 대답하지는 마. 내 말을 막지도 말고, 제발. 내가 바라는 것은, 내가 너를 몹시 사랑했었다는 것을 네가 오래도록 기억해 주었으면 하는 것뿐이야.

그래서…… 벌써 오래전부터…… 3년 전부터…… 나는 네가 좋아하던 이 작은 십자가를, 네 딸이 언젠가는 나를 기념하며 목에 걸어 주었으면 좋겠다고 생각해 왔어. 오! 물론 누구 것인지는 모르고…….

그리고 어쩌면 그 애에게…… 내 이름을 붙여 줄 수도 있지 않을까 하고 말이야…….”

목이 메는지, 그녀는 말을 멈추었다. 나는 거의 적대감을 느끼며 소리쳤다.

“왜 네가 그 애에게 직접 주지 못하니?”

그녀는 더 말하려 하지 않았다. 그녀의 입술은 흐느끼는 어린 애 입술처럼 마구 떨리고 있었다. 그렇지만 그녀는 눈물을 흘리지는 않았다.

그녀가 보내는 시선은 참으로 기이했다. 이상하게 반짝이는 그녀 얼굴은 마치 초인간적이면서도 천사와도 같은 아름다움으로 물들어 갔다.

“알리사! 도대체 내가 누구하고 결혼하겠어? 나는 너 말고는 아무도 사랑할 수 없다는 것을 알고 있잖아…….”

그러고는 별안간 미친 듯이 그녀를, 거의 난폭하다고 할 만큼 내 팔에 세게 끌어안으며 거칠게 입맞춤을 퍼부었다. 거의 뒤로 젖혀진 채 온몸을 내맡기는 듯한 그녀를 나는 한참 동안 꼭 안고 있었다.

그녀의 눈길이 흐려져 갔다. 그리고 눈시울이 차츰 닫히더니, 비길 데 없이 선하고 고운 음성으로 속삭였다.

“우리를 불쌍히 여겨, 제롬! 아! 우리의 사랑을 손상하지 말아 줘."

아마 그녀는 이렇게 더 말했으리라.

"비열한 짓은 하지 말고."라고.

아니, 어쩌면 그것은 내가 나 자신에게 하는 소리였는지도 모른다.

지금은 그때 일이 정확하게 생각나지 않는다.

아무튼 갑자기 그녀 앞에 몸을 던져 무릎을 꿇고, 그녀를 경건하게 내 팔로 감싸면서 부르짖었다.

"그렇게 네가 나를 사랑했다면 언제나 날 밀어내려 했던 건 무슨 까닭이야? 자! 들어 봐! 처음에 나는 쥘리에트가 결혼하기를 기다렸어. 네가 그 애가 행복하기를 기다리는 거라고 생각했기 때문이야. 그리고 그녀는 지금 행복해. 그건 네가 해 준 말이기도 하지.

그다음은 네가 계속해서 아버지 곁에서 살고 싶어 하는 것이라고 나는 오랫동안 믿어 왔어. 하지만 이제는 우리 단둘뿐이잖아."

"오! 과거를 아쉬워하지는 마. 이미 페이지를 넘기고 난 뒤인걸."

그녀가 중얼거렸다.

"아직도 늦지는 않았어, 알리사."

"아냐, 제롬. 이젠 늦었어. 사랑을 통해서, 우리가 서로를 위해 사랑보다 더 훌륭한 것을 추구하기 시작했을 때부터 이미 늦었던 거야. 제롬, 네 덕택에 내 꿈은 인간적인 만족이 전락시킬 수 없을 만큼 높이 올라갔어.

나는 우리가 같이 생활하는 것을 가끔 생각해 보았어. 그런데 그때마다 난, 우리 사랑이 완전하지 못하게 된다면 바로 그 순간부터 견뎌 낼 수 없을 것만 같아서 두려웠어. 우리 사랑을……."

"서로가 서로를 상실한 우리 삶에 관해서는 깊이 생각해 본 적 있어?"

"아니! 한 번도."

"이제는 너도 알겠지? 3년 전부터 나는 너 없이 고통스럽게 방황하고 다녔어……."

밤이 내리고 있었다.

"추워."라고 말하며 몸을 일으킨 그녀는 내가 다시 자기 팔을 붙잡지 못하도록 숄을 꼬옥 여미며 말했다.

"너는 우리를 불안하게 만들고 또 혹시 잘못 이해하고 있는 게 아닐까 두려워했던 그 성경 구절을 기억하겠지. '주님께서는 우리를 위하여 가장 좋은 것을 간직하여 두셨기에, 그들은 저희가 그 약속한 바를 얻지 못하였느니라.'"

"그 말을 너는 항상 믿고 있어?"

"그걸 믿어야 해."

우리는 얼마 동안 나란히 걸었다. 더는 아무 말도 하지 않고. 그녀가 말을 이었다.

"상상할 수 있어, 제롬? 그 '가장 좋은'이란 구절을!"

그러고 나서 그녀의 눈에서는 갑자기 눈물이 마구 솟구쳤다. 눈물이 흘러넘치는데도 그녀는 되풀이하고 있었다.

"그 가장 좋은 것을!"이라고.

우리는 잠시 뒤 얼마 전에 내가, 그녀가 나오는 것을 보았던 채소밭의 그 작은 문 앞에 이르렀다. 그녀는 나에게로 몸을 돌리며 말했다.

"잘 가! 아니, 더는 오지 마. 잘 가, 나의 사랑하는 벗! 시작은 지금부터야. 가장 좋은 것이……."

그녀는 한동안 나를 바라보았다. 나를 붙드는 듯 또 자기에게서 나를 밀어내는 듯, 팔을 뻗쳐 내 어깨에 손을 얹고 무어라 형언할 수 없는 사랑으로 가득 찬 눈을 하고서…….

문이 닫히고, 문 뒤에서 빗장을 지르는 소리가 들리자 나는 더 참을 수 없이 복받쳐 오르는 절망에 사로잡혀 그 문에 기댄 채 쓰러졌다. 밤이 깊도록 어둠 속에서 눈물을 흘렸다.

그때 내가 그녀를 붙들었더라면, 그 문을 억세게 밀어붙이고 어떻게 해서든 집안으로 ─ 하긴 내가 들어가지 못하도록 잠겨 있지도 않았겠지만 ─ 들어갔더라면…….

아니, 그럴 수 없었다. 모든 과거를 되살리기 위해서 옛날로 되돌아가고 있는 지금에조차 그건 내게 가능한 일이 아니다.

현재의 나를 이해하지 못하는 사람은 그때의 내 마음 역시 전혀 이해하지 못할 것이다.

달랠 길 없는 불안이 며칠 뒤 나로 하여금 쥘리에트에게 편지를 쓰도록 만들었다.

나는 그녀에게 내가 퐁그즈마르를 방문했다는 것을 이야기했고, 알리사의 창백함과 여윈 모습이 얼마나 나를 놀라게 했는지를 말했다.

나는 쥘리에트에게 언니를 잘 돌봐 주고, 이제 알리사 본인에게서는 기대할 수 없는 소식을 내게 알려 주도록 부탁했다.

그 뒤 한 달도 되지 않아 다음과 같은 편지를 받았다.


그리운 제롬.

너무나도 슬픈 소식을 전하게 되었어요. 우리의 가엾은 알리사가 이제는 이곳에 있지 않아요. 슬프게도…….

오빠의 편지에 적혀 있던 두려움은 너무 당연한 것이었어요. 몇 달 전부터 언니는 아픈 것도 아닌데 점점 쇠약해져 갔어요.

그러다가 언니는 르아브르에 있는 A 박사에게 진찰을 받으라는 내 간청을 마지못해 승낙했어요. 그리고…… A 박사는 내게 편지로, 언니에게 심각한 증세는 없다고 알려 왔어요.

그런데 오빠가 언니를 만난 지 사흘 뒤에 언니는 갑자기 퐁그즈마르를 떠나 버렸어요.

나는 언니가 떠났다는 사실을 로베르의 편지를 통해서 알았어요. 언니가 내게 편지하는 일은 좀처럼 없는 일이어서, 로베르가 없었더라면 나는 아무것도 몰랐을 거예요. 언니에게 소식이 없다고 해서 그렇게 걱정하지는 않았을 테니까요.

저는 언니를 그렇게 떠나도록 내버려 둔 것과 파리까지 동반하지 않은 것에 관해 로베르를 나무랐어요. 그래서 얼마 동안은 언니 거처조차 몰랐어요. 그게 어디 있을 법한 일이겠어요?

언니를 만날 수도 없고 편지조차도 못 보내게 되어 얼마나 내가 애를 태웠을지 짐작할 수 있겠지요.

며칠 뒤에 로베르가 파리에 갔지만 아무것도 알아내지 못했어요. 그 애는 어찌나 꾸무럭거리는지 그 애의 열성을 의심할 지경이었어요. 경찰에 신고하지 않을 수 없었어요. 언제까지나 그렇게 고통스러운 불안 속에 가만히 앉아 있을 수가 없었던 거지요.

에두아르가 여기저기를 찾아다닌 끝에 마침내 알리사가 은신해 있던 조그만 요양원을 찾아냈어요. 하지만 너무 늦었어요.

나는 언니의 죽음을 알리는 원장의 편지와, 언니의 임종조차 보지 못했다는 에두아르의 전보를 동시에 받았어요.

마지막 날, 언니는 우리에게 통지할 수 있도록 우리 주소를 봉투 한 장에다 적어 놓았고, 다른 봉투 한 장에는 르아브르의 우리 공증인에게 보낸 유언장 사본을 넣어 두었답니다.

그 편지의 한 구절은 오빠에 관한 것이라고 생각해요. 그것을 빠른 시일 내에 오빠에게 알려 줄게요.

장례식에는 에두아르와 로베르가 참석했어요. 상여를 따라간 사람은 그들만이 아니었대요.

요양원의 환자 몇 사람이 꼭 장례식에 참석하겠다면서 묘지까지 상여를 따라가겠다고 나섰대요. 나는 다섯 번째 아이의 해산을 오늘내일하고 있는 참이라 불행하게도 몸을 움직일 수가 없었어요.

그리운 제롬, 나는 언니의 죽음이 오빠를 끝없는 비탄에 빠지게 하리라는 것을 잘 알아요.

나는 가슴이 찢어지는 듯한 슬픔으로 이 편지를 쓰고 있어요.

나는 이틀 전부터 자리에서 일어나지도 못 하게 되어, 지금 이 편지도 간신히 쓰고 있어요. 그러나 나 아닌 다른 사람에게 ― 에두아르나 로베르에게일지라도 ― 우리 두 사람만이 이해할 수 있었던 알리사에 관한 이야기를 맡기고 싶지 않았어요.

이처럼 나도 나이가 제법 든 가정주부가 되어 버린 지금은, 잿더미가 불타오르던 과거를 덮어버린 지금은, 오빠를 다시 만나고 싶어 해도 괜찮겠지요.

언제라도 볼일로나 유람차 님므에 오게 되면 에그비브에 들러 줘요. 에두아르도 오빠를 알게 되는 것이 기쁠 것이고, 우리 둘이서 알리사에 관한 이야기를 할 수 있을 거예요.

잘 있어요, 그리운 제롬.

무척 슬픈 마음으로 키스를 보내며.


며칠 뒤 나는 알리사가 퐁그즈마르의 집을 로베르에게 남겨 주었으나, 제 방에 있던 모든 물건과 특별히 지시한 몇 가지 가구만은 쥘리에트에게 보내도록 부탁했다는 것을 알았다.

알리사가 내 이름을 적어 봉함해 둔 서류는 얼마 뒤 받기로 되어 있었다.

그리고 내가 마지막 방문 때에 받기를 거절했던 그 작은 자수정 십자가는 자기 목에 달아 달라고 부탁했다고 들었다. 그 부탁이 이루어졌다는 것을 에두아르를 통해 알았다.

공증인이 내게 보내 준 봉함 봉투에는 알리사의 일기가 들어 있었다.

나는 그 일기의 상당 부분을 여기에 옮겨 적으려고 한다.

아무런 설명도 붙이지 않고서 그대로 옮기겠다.

이 일기를 읽을 때 내 마음속에 떠오르는 갖가지 상념이며, 내가 말해 봤자 극히 불충분하게밖에 표현할 수 없는 내 마음의 혼란에 관해서는 독자 여러분이 충분히 짐작할 수 있을 것이다.

알리사의 일기

에그비브에서 그저께 그라브르 출발. 어제 님므 도착. 나의 첫 여행!

집안 살림이나 부엌일에 관한 아무런 걱정도 없이, 계속되는 무료함 속에서 1887년 5월 23일, 내 나이 스물다섯 되는 생일날, 나는 이 일기를 쓰기 시작한다. 무슨 별다른 즐거움이 있는 것은 아니지만 그저 좀 벗을 삼아 보려는 것이다. 내 생애에서 처음으로, 내가 홀로 있다는 느낌이 들었기 때문이다.

나를 이방인으로 만드는 낯선 땅이지만, 이 땅이 나에게 들려줄 것도, 노르망디 지방이 나에게 들려주던 것이나 내가 퐁그즈마르에서 끊임없이 듣던 것과 별반 다를 것이 없을 것이다. 왜냐하면 주님은 어느 곳에서나 다름이 없으시니까.

그렇지만 이 땅, 이 남녘땅은 말하고 있다.

내가 아직 배우지도 못 하고, 놀라움으로 듣고 있던 언어들로.


5월 24일

쥘리에트는 나의 곁, 긴 의자 위에서 졸고 있다. 여기는 이탈리아 풍으로 지은 이 집의 자랑거리인, 정원으로 이어지는 모래 깔린 안뜰과 그대로 통하는 활짝 트인 갤러리 안이다…….

쥘리에트는 그 긴 의자를 떠나지 않아도 저 너머로 집오리 떼가 뒤뚱거리는 것과 백조 두 마리가 헤엄치고 있는 연못까지도 한눈에 볼 수 있다.

어느 여름에도 마르지 않는다는 시냇물은 여기 연못에 물을 대 주고선, 차츰차츰 야생의 숲으로 변해 가는 정원을 가로질러서 흐르고, 황량한 벌판과 포도밭 사이에 끼여서 점점 좁아지다가 이내 완전히 그 자취를 감추어 버린다.

에두아르 테시에르는 어제 내가 쥘리에트의 곁에 남아 있는 동안 아버지에게 정원, 농장, 지하실, 포도밭 등을 구경시켜 드렸다. 그래서 나는 이른 아침에 혼자서 정원 안 여기저기를 산책할 수 있었다. 이름조차 알 수 없는 많은 나무, 그 이름을 가르쳐 달라고 하기 위해서 잔가지들을 하나하나 꺾어 모았다.

제롬이 빌라보르게 에즈라든가 도리아 팡필리에서 눈여겨보았다던 초록 떡갈나무가 그 가운데에 끼여 있는 것을 알 수 있었다.

우리가 살고 있는 프랑스 북부의 나무들과 같은 종류에 속하지만, 모양은 전혀 다르다. 그 떡갈나무들은 정원이 거의 끝나는 곳에서 좁다랗고 신비로움이 감도는 빈터를 둘러싸고 있었다. 폭신폭신한 잔디밭 위에 가지가 늘어져 있는데, 잔디를 밟는 발의 감촉이 무척 부드러웠다. 마치 요정들에게 합창을 권유하는 듯이…….

퐁그즈마르에 있을 때는 그렇게도 기독교적이던 나의 자연관이 이곳에 오자 나도 모르는 사이에 얼마간 신화적으로 변해가는 것만 같아 놀랍고도 두려울 지경이었다.

그러나 점점 더 나를 억누르던 그 두려움 비슷한 느낌도 역시 종교적인 것이었다.

나는 "ic nemus!(여기에 있는 것은 성스러운 숲일지니!)"라고 중얼거렸다.

대기는 수정같이 맑았고, 신비스러운 고요가 깃들어 있었다.

나는 오르페우스라든가 아르미테스에 관한 생각을 하고 있었다.

바로 그때 별안간 새소리가, 오직 한 가지 새의 소리만이 들렸다.

매우 가까운 곳에서 들은 데다, 무척 감동적이고 순수한 소리여서 내겐 모든 자연이 그 새의 소리를 기다리고 있었다는 느낌이 들었다.

가슴이 몹시 세차게 두근거렸다. 한동안 나무에 기대 서 있다가, 누가 일어나기 전에 집으로 되돌아왔다.


5월 26일

여전히 제롬에게서는 편지가 없었다. 르아브르로 편지를 보냈다 하더라도 나에게 전송되어 왔을 텐데……. 오직 이 공책에 내 불안을 털어놓을 수 있을 따름이다.

어제 소풍을 나갔던 것도, 사흘 전부터 가라앉은 마음이 기도를 해도 아무 보람 없이 더욱 힘들었기 때문이다. 오늘은 여기에 다른 무엇도 쓸 수가 없다.

에그비브에 도착한 이래로 나를 괴롭히는 알 수 없는 우울감도 그 이유가 분명하지 않다. 그런데도 이 우울감이 이렇게 내 마음 깊은 곳에서 느껴지는 것은, 아주 오래전부터 그곳에 뿌리를 박고 있었기 때문인 것 같다.

또 나 자신이 자랑스럽게 여기던 기쁨이라는 것도 사실은 이 우울감을 감싸고 있던 껍데기에 지나지 않는 것 같다.


5월 27일

무엇 때문에 나는 나 자신을 속이려는 것일까?

내가 쥘리에트의 행복을 기뻐 하고 있는 것은 거의 의도적이다. 이 행복은, 내 행복을 희생하면서까지 주고 싶었던 것이 아니었던가.

그렇게도 내가 원했던 행복이 아무 고통도 없이 얻어진다는 생각이 들자, 나는 몹시 괴로웠다. 얼마나 복잡한 얽힘인가!

그래, 나는 그 애가 자기 행복을 나의 희생과는 상관없는 곳에서 찾아냈다는 것과, 그 애가 행복해지는 데는 구태여 나의 희생이 필요하지 않았다는 것을 인식한 것이다. 이러한 사실이 내 마음속에 자리 잡자, 다시 무서운 이기심이 분개하기 시작했다.

그리고 제롬의 침묵이 나에게 어떠한 불안감을 야기하는지를 느끼게 되었고, 그러한 희생이 정말로 내 마음속에서 이루어졌던 것인지 스스로 물어보지 않을 수 없었다.

이제 더는, 주님께서 나에게 그러한 희생을 요구하지 않으시는 게 치욕스럽게 느껴진다. 정말 나는 그러한 희생을 할 능력이 없었던 것일까?

5월 28일

이렇게 나의 비애를 분석한다는 것은 얼마나 위험한 것인지!

벌써 나는 이 공책에 매달리고 있다. 극복했다고 믿고 있던 교활한 마음이 여기서 또다시 제자리를 차지하게 된 것일까? 그래서는 안 된다.

이 일기는 그 앞에서 내 영혼이 단장을 하는 자기만족을 위한 거울이어서는 안 된다!

처음에 내가 생각했듯이, 내가 일기를 쓰는 것은 무위 때문이 아니라 비애 때문이다.

비애는 내가 잊어버리고 있었던 것이며, 지금 내가 증오하고 있는 그것에게서 내 영혼을 순화하기를 원하는 '죄의 상태'이다.

이 일기는 내 마음이 그 행복을 다시 찾을 수 있도록 나를 도와주어야 한다.

비애란 복잡하게 얽힌 하나의 착잡함이다. 결코 나는 나의 행복을 분석하고자 한 적은 없다.

퐁그즈마르에서도 나는 역시 나 혼자였다. 지금보다도 더……

그런데 어째서 거기선 그것을 느끼지 못하고 있었을까? 그래서 제롬이 이탈리아에서 편지를 했을 때도 나는 그가 나 없이도 세상을 보고, 나 없이도 살아 나가는 것을 말없이 받아들였었고, 생각으로나마 그를 뒤따랐으며, 그의 기쁨을 나의 것으로 여겼다.

그러나 지금은 나도 모르게 그를 부르고 있다.

그가 없어서일까, 내가 보는 모든 새로운 것들이 나를 괴롭게 하고 있다…….


6월 10일

시작한 지 얼마 안 되어 이 일기는 오랫동안 중단되었다.

귀여운 리즈의 출생, 쥘리에트 곁에서 샌 긴 밤들, 제롬에게 편지로 쓸 수 있는 모든 것에서는 여기에 적는 것에 비해 아무 즐거움도 느낄 수 없다.

허다한 여성들이 공통적으로 가지고 있는, 그 견딜 수 없는 결점인 '너무 자주 쓰는 것'을 나는 삼가고 싶다.

이 일기를 자기완성의 도구로 생각할 것.


독서 도중에 필기해 둔 것과 베껴 둔 구절 등등으로 몇 페이지가 계속되었다……. 그러고는 다시금 퐁그즈마르에서 적은

218

것이었다.


7월 16일

쥘리에트는 행복하다. 자기도 그렇게 말하고 또 그렇게 보이기도 한다. 나는 그것을 의심할 권리도 이유도 없다.

그런데 지금, 그 애 곁에서 내가 느끼는 불만과 불편한 감정은 도대체 어디서 오는 것일까?

아마도…… 이 더할 나위 없는 행복이 너무나 실제적이고 너무나 쉽사리 얻어진 것이어서, 또 너무나 '자로 잰 듯' 완벽한 것이어서, 그 행복이 영혼을 죄고 질식시킬 것 같은 느낌에서 오는 것은 아닐까?

그래서 나는 지금 내가 바라고 있는 것이 분명 행복 그 자체이기보다는 오히려 행복으로 가는 도정이 아닌가 하고 생각해 본다.

오, 주여…… 제가 너무도 빨리 다다를 수 있는 행복에서 저를 지켜 주시옵소서. 주님 계시는 곳까지 가도록 저의 행복을 연기하고 미루어 두는 길을 가르쳐 주시옵소서.


그 뒤로는 많은 페이지가 찢겨 있었다. 필경 그 페이지들은 르아브르에서 있었던 우리의 고통스러웠던 상봉을 이야기하는 것이었을 게다.

일기는 다음해에 가서야 다시 계속되었다.

날짜 없는 페이지들이 있었지만, 그건 분명 내가 퐁그즈마르에 머물 때에 쓰인 것이리라.


때때로 그의 이야기에 귀를 기울이고 있다 보면, 생각하고 있는 내 모습을 내가 보고 있다는 느낌이 든다.

그는 나에 대해 이야기해 주고, 나 자신이 나를 발견하게 해 준다. 그 없이 내가 존재할 수 있을까? 오직 나는 그와 함께 있어야만 존재할 수 있다.

가끔씩 그에 대해 내가 느끼는 것이, 정말로 남들이 사랑이라고 부르는 바로 그것인지 알 수 없게 되곤 한다.

사람들이 사랑에 대해서 그려 내는 것과 내 안에서 그려지는 사랑은 그토록 달랐던 것이다.

내가 그를 사랑하고 있다는 것도 알지 못한 채, 그를 사랑하고 싶은 것이다. 무엇보다도 그가 모르게 그를 사랑하고 싶다.

그가 없이 내가 살아가야 한다면, 어느 것도 나에게 기쁨이 되지 못한다. 나의 모든 덕성도 오직 그의 마음에 들기 위해서이다.

그런데도 나는 그의 곁에 있으면 나의 덕성이 스러져 가는 것을 느낀다.

나는 피아노 연습을 좋아한다. 왜냐하면 날마다 조금씩 진보하는 것처럼 보이기 때문이다. 동시에 이것은 내가 외국어책을 읽을 때 맛보는 즐거움을 설명해 주는 것이기도 하다.

물론 우리말보다 다른 외국어를 더 좋아한다거나 내가 탄복하는 우리나라 작가들이 어떤 면에서건 외국 작가들에 비해 손색이 있다고 생각하는 것은 결코 아니다.

그러나 의미와 감정을 추구할 때 느끼는 약간의 곤란함, 그 곤란함을 외국어책을 읽음으로써 극복할 수 있는 것은 분명하다. 외국어를 통해 차츰차츰 좀 더 나은 방향으로 극복할 수 있게 될 때, 나 자신도 모르게 느끼는 자부심은 대단하다. 지적인 기쁨에 어떤 영적인 기쁨까지 더해지는 것이 확실하기 때문이다.

그리고 이제는 그러한 영적 만족 없이는 아무것도 못할 것만 같다.

아무리 행복한 상태라 하더라도 진보 없는 상태를 나는 결코 바랄 수 없다. 최선의 기쁨이란 하느님 안에서의 융합이 아니라, 무한히도 계속되는 주님에의 접근이라고 나는 생각한다.

만약 언어의 유희를 두려워하지 않는다면, 진보하지 않는 기쁨 따위에는 차라리 코웃음 치겠다고 말할 수 있다.

오늘 아침 우리는 그 길가의 벤치에 앉아 있었다. 우리는 아무것도 말하지 않았고, 또 무슨 말을 할 필요성도 느끼지 않고 있었다.

갑자기 그는 내게 내세를 믿느냐고 물었다.

"그럼, 제롬. 그건 내겐 희망 이상의 것이야. 그건 하나의 확신이지……."

나는 선뜻 큰 소리로 말했다.

순간, 그 외침 속에서 나의 신앙심이 공허한 것처럼 느껴졌다.

"내가 알고 싶은 것은, 만약 너한테 신앙심이 없다면 네 행동이 달라질까?"

얼마 동안 말을 않고 있었더니, 그가 물어 왔다.

"그것을 내가 어떻게 알겠니? 하지만 너 역시도 네 자신의 생각이 어떻든 간에, 더없이 열렬한 신앙심이 부여되면 달리 행동할 수 없을 거야. 그리고 달라진다면 나는 너를 사랑하지 않게될 거야."

나는 이렇게 대답하면서 덧붙여 말했다.

"아냐, 제롬, 아니야. 우리가 덕성을 추구하는 것은 미래에 보상받기 위해 애쓰는 것이 아니야. 우리의 사랑이 구하는 것은 보상이 아니란 말이야.

자기가 수고한 것에 대해 보수를 바라는 건 착하게 태어난 영혼에게는 모욕일 뿐이야. 또한, 덕이라는 것도 그러한 영혼을 위한 하나의 치장이 아니야. 덕성이란 그러한 영혼이 지니는 아름다움의 형식, 바로 그것일 뿐이야."

아버지가 또다시 건강이 좋지 않으시다. 심하지 않기를 바라지만, 사흘 전부터 다시 우유만 드신다.

어젯밤, 제롬이 막 자기 방으로 올라가고 나서였다. 그때까지 주무시지 않고 나와 함께 앉아 계시던 아버지가 잠깐 동안 나 혼자 남겨 두고 방을 나가셨다.

나는 긴 의자에 앉아 있었다 — 앉았다기보다는 드러누워 있었다. 그건 나한테는 거의 없던 일로서 왜 내가 그런 자세로 있었는지 모르겠다 — . 등갓이 불빛으로부터 나의 눈과 상체를 가려 주고 있었다.

나는 무의식적으로 내 발끝을 보고 있었다. 발끝은 내 옷자락에서 조금 빠져나와 있었고, 한 줄기 램프 불빛이 거기에 걸려 있었다.

그때 아버지가 들어오시더니 잠시 동안 문 앞에 서 계셨다. 그리고는 미소 짓는 것 같기도 하고 서글퍼하는 것 같기도 한 애매한 태도로 나를 뜯어보셨다.

나는 막연하게 당황하여 자리에서 일어났다.

그때 아버지가 내게 손짓을 하셨다.

"내 옆에 와 앉아라."

그리고 이미 밤이 꽤 깊은 시간이었는데도, 어머니에 관해 말씀하시기 시작했다. 그분들이 헤어지신 후로는 한 번도 말씀하신 적이 없는 이야기였다.

아버지께서 어떻게 어머니와 결혼하게 되셨는가, 얼마나 어머니를 사랑하셨던가, 그리고 처음에는 어머니가 아버지께 어떤 의미를 지니셨던가에 대한 이야기를 들려주셨다.

"아버지, 왜 오늘 밤에 제게 이런 이야기를 하시는 거예요? 다른 어느 때가 아니라 바로 오늘 밤에 이런 이야기를 하시는 이유가 무엇인지 말씀해 주세요……."

나는 참다못해 마침내 물었다.

"왜냐하면 말이다……. 조금 전 응접실에 들어올 때 긴 의자 위에 누워 있는 너를 보았는데, 한순간 나는 네 어머니를 보는 것만 같았단다."

내가 아버지께 그렇게 캐물은 것은 조금 전에 있었던 일 때문이다.

바로 얼마 전……. 제롬이 내가 앉아 있는 안락의자에 기대어 서서, 나의 어깨 너머로 몸을 굽혀 책을 함께 읽었다.

나는 그를 볼 수는 없었지만 그의 숨소리를 느낄 수 있었고, 그는 나의 체온과 떨림까지 느끼고 있었다.

나는 계속해서 책을 읽는 체했지만 이미 아무것도 머릿속에 들어오지 않았다.

나는 더는 글줄을 가려볼 수도 없었다. 너무도 야릇한 마음의 동요가 나를 사로잡았기 때문에, 일어날 힘이 있을 때 서둘러서 일어나야 한다고 생각했다.

다행히도 그가 눈치채지 않도록 잠시 방에서 나와 있을 수 있었다…….

그리고 얼마 뒤, 나는 아무도 없는 응접실의 긴 의자 위에 누워 있었다.

아버지가 어머니와 내가 닮아 있음을 알아채신 바로 그때, 내가 그 긴 의자 위에 드러누워 있던 바로 그때, 나는 정말 어머니에 대한 생각을 하고 있었던 것이다.

회한처럼 떠오르는 과거의 추억에 사로잡혀 불안에 짓눌린 나는 그날 밤 마음이 너무나 비참해져서 전혀 잠을 잘 수가 없었다.

주여, 악의 형상을 띤 모든 것에 대해 혐오감을 가질 수 있도록 저를 이끌어 주시옵소서.

가엾은 제롬! 그렇지만 때로 그가 어떠한 몸짓을 하는 것만으로도 충분하다는 것을, 또 그 몸짓을 때때로 내가 기다리고 있다는 것을 그가 알기만 한대도…….

내가 어렸을 때 이미 나는 그 때문에 아름다워지기를 바랐다. 지금 생각해 보면, 내가 완전함을 지향했던 것도 오직 그를 위해서일 뿐이었다.

그런데 이 완전함은 오로지 그가 없어야만 이루어질 수 있다는 것. 오, 나의 주여! 그것이 당신의 모든 가르침 중에서도 가장 저의 영혼을 당혹스럽게 하는 것이옵니다.

덕성과 사랑이 한데 어우러지는 영혼을 지닐 수 있다면 그것은 얼마나 행복한 것일까. 나는 때때로 사랑한다는 것, 끊임없이 더욱 사랑한다는 것 말고 또 다른 덕성이 있을까를 의심해 본다.

그런데 또 어떤 날은, 오! 덕성이란 다만 사랑에 대한 항거 이외에 다른 것일 수 없게 보이기도 한다. 이럴 수가 있을까! 내 마음이 자연스럽게 기우는 것을 감히 사랑이라고 부를 수 있을까!

오! 사람을 매혹시키는 궤변이여! 허울 좋은 권유여! 행복의 변덕스러운 신기루여!


오늘 아침 라브뤼예르의 저서 속에서 다음과 같은 구절을 읽었다.

'인생의 행로에는 때때로 — 금지되어 있지만, 허용되었으면 하고 바라는 것이 너무도 당연한 — 지극히 즐거운 쾌락과 참으로 흐뭇한 약속이 있다.

이처럼 크나큰 매력이란, 덕성이 있어 그것을 포기할 수 있는 매력이 아니고는 도저히 극복할 수 없는 것이다.'

그런데 나는 왜 여기서 변명을 찾아냈던 것일까?

사랑의 매력보다도 더 강하고 강렬한 매력이 은근히 내 마음을 끌고 있기 때문인가?

오! 사랑의 힘으로 우리 두 영혼을 한꺼번에 사랑의 저 너머로 끌고 갈 수만 있다면!


슬프게도! 나는 이제 그것을 너무나 잘 깨닫고 있다. 주님과 제롬 사이에는 나 이외에 아무런 장애도 없다는 것을.

아마도 그가 말하는 것처럼, 나에 대한 그의 사랑이 처음에는 그를 주님께로 기울게 했다 하더라도, 이제 와서는 바로 그 사랑이 그를 가로막고 있는 것이다.

그는 나 때문에 머뭇거리고 있다. 그는 나를 더 좋아하고 있다. 나는 그가 덕성을 더 높이 쌓지 못하도록 그를 붙들고 있는 우상이 되어 버렸다.

우리 가운데 한 사람이라도 완전함에 도달할 수 있어야 한다.

비루한 제 마음은 제 사랑을 뛰어넘지 못해 절망하고 있으니, 오, 주여, 이제는 저를 사랑하지 않도록 그에게 힘을 허락해 주시옵소서.

그러하오면 저의 하잘것없는 가치에 비해 무한히 훌륭한 그의 미덕을 당신께 바칠 수 있도록……. 그리고 오늘 그를 잃고서 저의 영혼이 흐느껴 울더라도, 그것은 장차 당신 안에서 그를 다시 찾으려 함이 아니옵니까?

아, 주여, 말씀해 주시옵소서! 그 어떤 영혼인들 그의 영혼보다 더 당신에게 어울리겠사옵니까? 저를 사랑하기 위해서보다는 더 훌륭한 일을 하기 위해서 태어난 그가 아니옵니까? 그가 저로 인해 멈추게 된다면, 제가 그를 더 사랑할 수 있겠나이까?

탁월하게 빛날 수 있는 것이 행복 안에서는 그 얼마나 위축되어 버리는 것인지요!

일요일
'주님께서는 우리를 위해 가장 좋은 것을 예비해 두셨으니.'

5월 3일 월요일
행복이 여기, 아주 가까이에 있으니…… 손만 뻗으면 잡을 수 있도록…….

오늘 아침 그와 이야기하면서 나는 마침내 희생을 성취했다.


월요일 저녁

그는 내일 떠난다…….

사랑하는 제롬! 나는 끝없는 애정으로 여전히 너를 사랑하고 있어. 하지만 이제부터는 너에게 그런 말을 하지 못할 거야.

내가 내 눈, 내 입, 내 영혼에 내린 구속이 너무도 힘겹기에, 너와 헤어진다는 것도 내게는 해방이며, 또 쓰디쓴 만족이 된다.

이성을 갖고 행동하려고 애쓰지만, 행동하려는 순간이면 나를 움직여야 할 이성이 어디론가 빠져 달아나 버리고, 그렇지 않을 때는 어리석은 것같이 생각된다. 그것을 믿지 않게 되는 것이다…….

내가 그를 피하는 이유는? 이제 그러한 이유는 있을 수도 없다…….

그런데도 나는 그를 피하고 있다. 왜 내가 피해야 하는지 이유도 알지 못하고서.

주여! 제롬과 저, 서로 의지하면서 함께 당신께로 나아가도록 도와주시옵소서.

때로는 한 사람이 다른 사람에게 "형제여, 피곤하면 내게 기대라." 하면 상대방은 "너를 나의 곁에서 느끼는 것만으로도 나에게는 충분해."라고 대답하는 두 순례자처럼, 인생의 길을 따라 걷게 해 주시옵소서.

아니옵니다! 당신께서 저희에게 내리시는 길은, 주여, 좁은 길이옵니다.

그 길은 좁아서 둘이서 나란히 걸을 수가 없는 길이옵니다.


7월 4일

내가 이 일기를 펼치지 않은 것도 여섯 주일 이상이나 된다.

지난달에 쓴 몇 페이지를 다시 읽어 보다가, 나는 내가 쓴 일기에서 잘 쓰려고 하는 허세를 발견했다. 이것도 그이 때문이다.

그 없이 나 혼자 살아갈 수 있는 힘을 얻기 위해 시작한 이 일기 속에서, 나는 마치 그에게 계속 편지를 쓰고 있는 듯한 나를 발견했다.

잘 썼다고 생각하는 페이지를 모두 찢어 버렸다. 그런 행동이 무엇을 의미하는지는 나 자신이 잘 알고 있다.

그에게 관련되는 페이지는 그렇다, 모두 찢어 버려야 할 것이었다. 모두 다 찢어 버려야 할 것이었다…….

그러나 나는 못 하고 말았다.

그런데 그 몇 장을 뜯어냈다는 것만으로도 벌써 자부심이라고나 할까 그러한 것을 느꼈다.

내 마음이 이토록 병들지 않았다면 코웃음 치고 말았을, 그러한 자부심을. 참으로 장한 일을 해낸 것 같았고, 뜯어내 버린 그 몇 장이 사뭇 대단한 무엇 같았다.


7월 6일

책장에서 책을 추방해야만 한다……. 이 책에서, 저 책에서 그를 피해 달아났지만 어느 책에서건 그를 다시 만나게 된다.

나는 그가 없는 데서 펼치는 페이지에서조차 나에게 책을 읽어 주는 그의 음성이 들린다.

나는 오직 그가 흥미 있어 하는 것에만 흥미를 느낀다.

그래서 나의 생각마저도 그의 사고방식을 닮아 버려 지난날 우리 두 사람의 생각이 같다는 것을 기꺼워할 수 있었던 때와 마찬가지로, 지금도 어떤 것이 나의 생각인지 분간할 수가 없다.

가끔 나는 그의 글투에서 벗어나 보려고 일부러 악문을 쓰려고 애쓴다.

그러나 그에 대항해서 싸운다는 것, 그것은 오히려 그에게 몰두하는 것일 뿐이다.

당분간 성경 ― 간혹 '그리스도의 모방'과 함께 ― 외에는 아무것도 읽지 않기로, 일기에는 읽은 것 중에서 특히 눈길을 끄는 것만 적기로 결심한다.

7월 1일부터 시작되는 매일의 날짜에는 성경에서 인용된 구절마다 무엇인가를 덧붙인 일종의 '나날의 양식'이 계속되었다. 여기서는 주석들이 달려 있는 부분만을 옮겨 쓰겠다.

7월 20일

'너에게 있는 것을 모두 팔아서 가난한 자에게 나누어 주어라.'

나는 오직 제롬을 위해서만 힘쓰고 있는 이 마음을 가난한 사람들에게도 나누어 주어야 한다는 것을 알게 되었다. 그리고 이것은 나만이 아니라 제롬에게도 그렇게 하기를 권해야 하는 것이 아닐까.

주여, 저에게 그럴 용기를 주시옵소서.

7월 24일

'내적 위안'을 읽다가 그만두었다. 이 옛글은 무척 나를 즐겁게 했지만, 한편으론 나의 마음을 흐트러지게 했다. 거기서 맛보는 이교도적인 즐거움은 내가 구하려고 했던 감화하고는 너무 거리가 멀었다.

'그리스도의 모방'을 다시 읽었다. 이것 역시 이해하기 힘든 라틴 어 원서로는 읽지 않기로 했다. 읽고 있는 번역본에 아무런 서명이 없는 것이 마음에 든다.

신교의 어느 파에서 번역한 것임에 틀림없지만, 표지에는 '모든 기독교 단체에 적합함'이라고 적혀 있다.

'오! 네가 덕성을 쌓음으로써 네 자신은 어떤 안식을 얻으며 남들에게는 어떤 기쁨을 주는지를 네가 안다면, 너는 더욱 거기에 마음을 기울여 노력하리라는 것을 나는 믿느니라.'

8월 10일

주여, 제가 당신을 향해 어린애 같은 신앙심의 충동으로, 천사와 같은 초인간적인 음성으로 외칠 때……. 저는 아옵니다.

이 모든 것이 제롬에게서가 아니라 당신에게서 온다는 것을.

하지만 어디에서나 당신과 저 사이에 그의 모습을 두심은 어찌된 일이옵니까?

8월 14일

이 일을 완성하는 데는 앞으로 두 달밖에는…….

오, 주여, 저를 도우소서!

8월 20일

나는 분명히 느끼고 있다. '내 슬픔'으로 느끼고 있다. 내 마음 속에서 아직도 희생이 이루어지지 않았다는 것을.

오, 주여. 오직 그만이 알게 해 주던 이 기쁨을, 이제는 오로지 당신에게서만 얻게 해 주시옵소서.


8월 28일

이 무슨 이렇게 속되고 하잘것없는 덕성에 이르렀는가! 내가 자신에게 지나친 요구를 하고 있는 것은 아닐까?

더는 그러한 것을 용서할 수 없다.

언제나 주께 힘을 애원하다니, 이 무슨 비겁한 일인가!

이제 나의 모든 기도는 하소연에 지나지 않고 있다.


8월 29일

'들에 핀 백합화를 보라…….'

이처럼 소박한 말씀이 오늘 아침 내 마음을 무엇으로도 돌이키지 못하는 비탄 속에 빠뜨려 버렸다.

나는 들판으로 나갔는데, 나도 모르게 되풀이하고 있던 이 말씀이 내 마음과 두 눈을 눈물로 가득 채워 버렸다.

나는 쟁기 위에 몸을 숙이고 열심히 일하고 있는 농부 외에는 아무것도 보이지 않는, 텅 비고 광막한 벌판을 보았다. …… 들에 핀 백합화 …….

그러하오나 주여, 백합화는 어디에 있사옵니까?


9월 16일 밤 10시

다시 그를 만났다.

그는 여기, 나와 한 지붕 아래에 있다. 그의 방 창문에서 흘러나오는 불빛이 잔디밭으로 스미듯 떨어져 내리는 것을 보고 있다.

내가 몇 줄 적고 있는 지금, 그는 자지 않고 있다. 어쩌면 나를 생각하고 있는지도 모른다.

그는 전혀 변하지 않았다.

자기도 그렇게 말하고, 나도 그렇게 느낀다.

그의 사랑이 나를 단념하도록 하기 위해 결심한 대로, 나를 그에게 보일 수 있을까?


9월 24일

오! 내 속에서는 마음이 까무러칠 듯 숨 가쁘게 헐떡이는데, 끝내 무관심과 냉담을 가장했던 잔인한 대화…….

지금껏 나는 그를 피하는 것에 만족하고 있었다.

그러나 오늘 아침, 주님이 나에게 이겨 낼 힘을 주시리라는 것과 끊임없는 싸움에서 몸을 피하는 것은 비겁함 때문이라는 것을 깨닫게 해 주셨다.

내가 승리한 것이었을까?

제롬은 과연 전보다 나를 덜 사랑하는 것일까……?

슬프게도 나는 그것을 바라면서 또 두려워하고 있으니…….

지금보다도 더 그를 사랑한 적은 결코 없었다.

그러하오나 저에게서 그를 구하기 위해 제가 없어져야 한다면, 주여, 그렇게 하시옵소서…….

'저의 마음과 영혼 속에 들어오셔서 저의 괴로움을 짊어지시고, 당신의 수난에서 아직도 남아 있는 고통을 제 속에서 계속 감내하시옵소서.'

우리는 파스칼에 관해 이야기했다.

나는 그에게 무엇을 말했던가? 그 무슨 욕되고 터무니없는 말을 했던가!

그런 말을 하면서도 나는 벌써부터 괴로웠는데, 오늘 밤은 그 말이 하느님에 대한 모독인 것처럼 여겨져 뉘우치고 있다.

두툼한 '명상록'을 다시 뽑아 들었다. 저절로 펼쳐진 곳은 드 로아네 양에게 보내는 편지 가운데 한 구절이었다.

'이끄는 이를 스스로 따를 때, 속박은 느껴지지 않습니다. 그러나 항거하기 시작하고 홀로 떨어져 걷기 시작할 때에는 몹시

괴로워지는 것입니다.'

이 말이 내 가슴을 너무 날카롭게 찔렀기 때문에 더 읽어 나 갈 기력이 없었다.

그러나 다른 곳을 또 펼치자, 여태껏 읽은 적이 없었던 훌륭한 구절을 발견했다.

그래서 그것을 지금 막 베껴 두었다.


알리사의 일기 중 첫째 권은 여기서 끝나 있었다. 그 뒤에 쓴, 아마 한 권은 되었을 법한 일기는 모두 찢어 버린 모양이었다.

왜냐하면 알리사가 남긴 서류 속에 그때부터 3년 뒤인 퐁그 즈마르에서의 9월, 즉 우리의 마지막 상봉이 있기 조금 전부터 다시금 일기가 이어진 것이 있었기 때문이다.

다음과 같은 글로 그녀의 마지막 일기는 시작된다.


9월 17일

오, 주여, 당신을 사랑하기 위해서는 제가 그이를 필요로 한 다는 것을 당신은 알고 계십니다.


9월 20일

주여! 제게 그를 주시옵소서.

그러하오면 당신께 이 마음을 바칠 수 있겠나이다.

주여, 한 번만 더 제가 그이를 만나게 해 주시옵소서.

주여, 제 마음을 당신께 바칠 것을 약속하옵니다.

그러하오니 저의 사랑이 당신께 청하는 바를 허락해 주시옵소서.

저에게 남은 목숨은 오직 당신에게만 바치겠사옵니다.

주여, 비루한 이 기도를 용서해 주시옵소서.

하지만 저는 제 입술에서 그의 이름을 지울 수 없으며, 제 마음의 괴로움을 잊어버리지도 못 하옵니다.

주여, 당신께 간구하옵니다.

비탄에 잠겨 있는 저를 버려 두지 마시옵소서.


9월 21일

'너희가 내 이름으로 내 아버지께 구하는 것은 무엇이든지……'

주여! 당신의 이름으로는 제가 감히 할 수 없습니다.

그러하오나, 비록 제가 기도를 입 밖에 내지 못한다 할지라도 주님께서는 이 마음에서 타오르는 소원을 모르지는 않으시겠지요?

9월 27일

오늘 아침에는 마음이 평안하다. 지난밤은 내내 명상과 기도로 보냈다.

그러자 갑자기, 어린 시절 성령을 상상하며 그려 보던 광채, 찬란한 빛이 주는 평온 비슷한 것이 나를 둘러싸고 나에게로 강림해 오는 것 같았다.

이 기쁨이 신경의 흥분에서 오는 일시적인 것에 지나지 않을까 두려워 얼른 잠자리에 들었다. 나는 이 무상의 기쁨이 사라지기 전에 얼른 잠들 수 있었다.

오늘 아침에도 그 기쁨은 완전히 그대로 남아 있다.

이제는 그가 올 것이라는 확신을 가지게 되었다.


9월 30일

제롬! 내 벗, 아직도 동생이라고 부르기는 하지만 동생에 대한 사랑보다 훨씬 더 무한하게 내가 사랑하는 너……. 너도밤나무 숲 속에서 몇 번이나 너의 이름을 불러 보았던가!

저녁마다, 해 질 무렵이면 채소밭의 그 작은 문으로 나가서 나는 이미 어둑어둑한 가로수 길을 내려간다…….

네가 갑자기 대답한다 해도, 서둘러 둘러보는 돌 많은 그 둑 뒤에서 네가 나타난다 해도, 나를 기다리며 그 벤치에 앉아 있는 네 모습이 멀리서 내 시야에 들어온다 해도, 내 가슴이 놀라 뛰지는 않을 것이다.

오히려 너를 보지 못하여 나는 놀란다.


10월 1일

아직 아무 일도 없다. 태양은 비할 데 없이 맑은 하늘 속에서 저물어 갔다.

나는 기다린다. 머지않아 그 벤치 위에 그와 함께 앉게 되리라는 것을 나는 알고 있다…….

벌써 그의 목소리를 알아들을 수가 있다.

그가 내 이름을 발음하는 걸 나는 몹시도 듣기 좋아한다…….

그가 여기 있게 될 것이다!

나는 내 손을 그의 손 안에 맡길 것이다.

내 이마를 그의 어깨에 기댈 것이다.

나는 그의 곁에서 숨을 쉬게 될 것이다.

어제도 나는 그의 편지들 가운데 몇 통을 다시 읽어 보려고 가지고 나갔다.

하지만 그의 생각에 너무 빠져 있어서 나는 그 편지를 쳐다보지도 못 했다.

또 그가 좋아하던 그 자수정 십자가, 지나간 어느 여름날 그

가 떠나지 않기를 바라는 동안 저녁마다 목에 걸고 있기로 한
그 십자가도 가지고 나갔다.

이 십자가를 그에게 주고 싶다. 이런 꿈을 꾼 건 벌써 오래되
었다.

그가 결혼하면 나는 그의 첫딸, 작은 알리사의 대모가 되어,
이 십자가를 그 아이에게 주고 지니게 하리라…….

그런데 왜 나는 이 이야기를 한 번도 그에게 하지 못했을까?


10월 2일

하늘에 둥우리를 튼 새처럼 오늘 내 영혼은 가볍고 즐겁다.

그는 분명히 오늘 온다. 그렇게 느껴지기도 하고 또 그러리라
는 것을 알고 있다.

모든 사람에게 그 말을 외치고 싶기까지 하다.

여기에라도 쓰지 않고서는 견딜 수가 없을 것 같다.

나의 이 기쁨을 이제 나는 숨길 도리가 없다.

여느 때는 그렇게도 나에게 무관심하던 로베르조차 그러한
낌새를 알아챈 듯 자꾸 캐물어서 난처했다. 무어라고 대답해야
할지 몰랐다.

저녁이 오기까지, 어떻게 기다릴 것인가?

어느 곳을 보아도 알 수 없는 투명한 띠 같은 것이 큼직하게

확대되어 그의 모습을 보여 주고, 사랑의 모든 빛을 내 마음의 초점 위에 온통 집중시키고 있다.

오! 기다림이란 나를 얼마나 지치게 하는 것인가…….

주여! 행복의 그 넓은 문을 잠시만이라도 열어 주시어 제가 엿볼 수 있도록 허락해 주시옵소서.


### 10월 3일

모든 것이 다 사라졌다.

슬프다. 그는 그림자처럼 내 팔에서 빠져나가 버렸다.

그는 여기에, 바로 여기에 있었다.

나는 아직도 그를 느끼고 있다.

나는 그를 부른다.

내 손, 내 입술은 그를 찾는다. 어둠 속에서 헛되이…….

나는 기도도 할 수 없고, 잠도 잘 수 없다.

어두워진 정원으로 다시 나가 보았다.

내 방 안에서나 집안 어디에서나 나는 무섭기만 하다.

비탄이 나를, 그를 그 뒤에 남겨 두고 왔던 그 문까지 이끌고 갔다.

나는 어리석은 희망을 갖고 그 문을 다시 열어 보았다.

혹시나 그가 아직 거기 있다면!

나는 불렀다. 나는 어둠 속을 더듬어 보았다.

그에게 편지를 쓰기 위해, 나는 다시 돌아왔다.

그를 잃는다는 것을 나는 도저히 용납할 수 없다.

그런데 도대체 무슨 일이 일어났던가?

그에게 나는 무슨 말을 했던가?

나는 무슨 짓을 했던가?

무슨 필요로 나는 그의 앞에서 나의 덕성을 과장하려 하는 것일까?

나의 온 마음이 부인하는 덕성이 무슨 가치가 있단 말인가?

주님이 내 입술에 내리신 말씀을 나는 몰래 배반하고 있었다.

내 마음속에 언제나 가득 차 있던 것은 하나도 이야기하지 못했다.

제롬! 제롬, 곁에 있으면 이 가슴이 찢어지는 것 같고, 멀리 떨어져 있으면 이 목숨이 죽어 가는 것 같은 나의 애달픈 벗이여.

내가 아까 했던 모든 말 가운데서 나의 사랑을 이야기하던 것 외에는 아무것도 곧이듣지 말아 줘.


편지를 찢어 버렸다. 그러고는 다시 썼다…….

벌써 새벽이다.

잿빛에 싸인, 눈물에 젖은 내 생각만큼이나 슬픈 새벽……

농장의 첫 소리들이 깨어나고 잠자던 모든 것이 다 삶을 시작한다.

'이제 일어나라, 때가 왔도다…….'

편지는 부치지 않을 것이다.


10월 5일

저에게서 그를 빼앗으신, 질투 많으신 하느님, 이제 저의 마음도 모두 가지시옵소서.

이제는 어떠한 열정이라도 이 마음을 스쳐 지날 뿐이며, 아무것도 다시는 이 마음을 끌지 못할 것입니다.

하지만 아직도 내 안에 남아 있는 슬픔의 찌꺼기를 이겨 낼수 있도록 도와주시옵소서. 저의 사랑을 견딜 수 없을 만큼 부추기는 이 집, 이 정원.

오직 주님만을 뵈옵게 될 어떤 곳으로 달아나고 싶습니다.

제가 소유하고 있는 재산들을 당신의 가난한 백성들을 위해 유용하게 하소서.

제가 처분할 수 없는 퐁그즈마르의 이 집만은 로베르에게 남겨 주도록 하시옵소서.

유언장을 써 놓긴 했지만, 나는 필요한 형식이라곤 아무것도 모른다.

내가 결심한 것을 눈치채고서 쥘리에트나 로베르에게 알릴까 두려워서, 어제 공증인과도 충분히 이야기할 수 없었다.

나머지 미진한 일은 파리에 가서 끝내야겠다.


10월 10일

이곳에는 다다랐을 때는 너무도 지쳐 있었으므로 처음 이틀간을 나는 누워 있어야 했다.

내가 거절했는데도 불러온 의사는 꼭 수술을 해야 한다고 주장했다.

반대한들 무슨 소용이 있을 것인가?

그러나 나는 수술이 겁날 뿐 아니라, 원기를 회복할 때까지 기다리는 것이 적절한 방법일 것 같다는 얘기를 간곡히 하여 의사를 납득시켰다.

이름이나 주소도 숨길 수 있었다. 나를 받아들이고, 또 주님께서 아직 필요하다고 여기실 동안 머물 수 있도록 요양원 사무실에 돈을 넉넉히 맡겨 놓았다.

이 방은 무척 마음에 든다. 청결함만으로도 벽의 장식은 충분했다.

마음이 즐거워지는 것이 참으로 놀랍다.

이제 더 이상 삶에 대해 바라는 것이 없기 때문이다.

오로지 하느님께 만족하기 때문이고, 또한 하느님의 사랑이란 우리 마음을 송두리째 차지하고 있을 때 비로소 그 오묘한 맛을 알 수 있기 때문이다······.

성경 이외에는 아무런 책도 가지고 오지 않았다.

그런데 오늘 읽고 있는 성경 구절보다도 파스칼의 그 열광적인 호소가 더 나에게 깊은 느낌을 준다.

'하느님이 아닌 것은 그 어떤 것도 나의 기대를 채워 줄 수 없다.'

오! 지각없는 나의 마음이 바라던, 너무나도 인간적인 기쁨이여······.

당신이 저를 절망시키신 것은, 주여! 이 외침을 얻게 하기 위함이었나이까?


10월 12일

하느님의 다스림이 저에게 임하시옵기를! 그리하여 주님만이 저를 다스리시옵소서.

이제 저는 제 마음을 두고 더는 당신과 어떤 거래도 원치 않나이다.

몹시 늙어 버린 듯이 지쳐 있으면서도 내 영혼은 이상할 만큼 맑은 동심(童心)을 간직하고 있다.

아직도 나는 방 안에 있는 모든 것이 정돈되어 있지 않고, 벗은 옷을 머리맡에 가지런히 개어 놓지 않으면 잠을 자지 못했던 지난날의 어린 소녀인 듯하다.

나는 이렇게 나의 죽음을 준비하고 싶다.


10월 13일

일기를 없애기로 마음먹은 다음, 없애 버리기 전에 다시 한 번 읽었다.

'자기가 느끼는 고통을 퍼뜨린다는 것은 위대한 영혼에게는 온당치 못한 것이다.'

아름다운 이 말은 클로틸드 드 보의 말이라고 여겨진다.

이 일기를 불 속에 내던지려는 순간, 어떤 경고 같은 것이 나를 가로막았다.

이 일기는 벌써 나의 것이 아니다. 따라서 이것을 제롬에게서 빼앗을 권리는 나에게 이미 없다.

나는 그를 위해서만 이것을 썼다고 좀 더 확실하게 느꼈던 것이다.

그토록 나를 사로잡았던 불안, 나의 의심도 오늘에 이르러 생각해 보면 너무도 어처구니없는 것같이 보인다.

따라서 거기에 아무런 중요성도 붙일 수 없게 되었고, 제롬이 그것을 읽는다고 해도 그 때문에 그의 마음이 동요될 것 같지도 않다.

주여, 스스로는 포기했던 덕성의 정상에까지 그를 밀어 올리려고 미친 듯이 원했던 영혼의 서툰 시도를, 이 일기에서 그가 때때로 찾을 수 있도록 해 주시옵소서.

'주여, 제가 도달할 수 없는 그 반석 위로 저를 인도하시옵소서.'


10월 15일

'기쁨, 기쁨, 기쁨, 기쁨의 눈물……'

인간적인 기쁨 저편, 일체의 고통의 저 너머에서…….

그렇다, 나는 그 찬연한 기쁨을 예감하고 있다.

내가 도달할 수 없는 그 반석, 나는 그것이 행복이라는 것을 잘 알고 있다.

행복에 귀착하기 위해서가 아니라면, 나의 모든 삶은 헛되다는 것을 나는 알고 있다…….

아! 하느님, 당신께서는 자기 자신을 버린 정결한 영혼에게만 그 행복을 약속하셨습니다.

"이제부터 행복할지어다." 하고 당신의 거룩한 말씀은 이어집니다.

"주 안에서 죽는 자들은 지금부터 행복할지어다."

죽음에 이를 때까지 저는 기다려야 하옵니까?

여기에서 저의 믿음은 흔들리옵니다.

주여! 제 온 힘을 다해 당신을 향해 부르고 있사옵니다.

저는 어둠 속에 있나이다. 새벽을 기다리고 있나이다.

목숨이 다할 때까지 당신을 향해 부르짖고 있사옵니다. 제 갈증을 해소해 주시옵소서.

그 행복에 저는 목말라합니다.

아니면 저는 그 행복을 가졌다고 생각해야 되는 것이옵니까?

먼동이 트기에 앞서 날이 밝아 오는 것을 알린다기보다, 차라리 애타는 마음으로 날이 밝기를 기다리는 안타까운 새처럼, 저는 밤이 사라지는 것을 기다리지도 않고 노래를 불러야 하옵니까?


10월 16일

제롬! 너에게 완벽한 기쁨이라는 것을 가르쳐 주고 싶다.


오늘 아침, 나는 심한 구토의 발작 증세로 기진맥진해 있었다.

그 직후, 내가 너무도 쇠약하게 느껴져서 잠깐 동안은 죽음을 가까이 바랄 수도 있었다.

아니, 처음에는 온몸에 커다란 평온이 깃들었다. 그러고는 이어서 심한 고통이 나를 휘어잡았고, 전율이 내 육신과 영혼을 휘감았다.

그것은 마치 내 삶에 대한 갑작스럽고 명료한 '계시'와도 같았다.

잔인하게 벌거벗겨진 벽을 처음으로 보는 것처럼 느껴졌다. 나는 무서웠다.

나는 나를 안정시키고 마음을 가라앉히기 위해 그냥 이 글을 쓰고 있는 것이다.

오, 주여! 당신을 모독함 없이 종국에까지 이르도록 해 주시옵기를.

나는 다시 일어날 수 있었다.

나는 어린아이처럼 무릎을 꿇었다……

지금 나는 세상을 떠나고 싶다.

나 혼자라는 것을 또다시 깨닫기 전에…….

7

지난해에 나는 쥘리에트를 만났다.

알리사의 죽음을 전한 그녀의 마지막 편지 이후로 10년 남짓한 세월이 흘러갔다.

나는 프로방스 지방을 여행하는 기회를 타서 잠깐 님므에 들렀다.

그 시의 혼잡한 중심 지대인 프셰르 가도에 있는 테시에르 저택은 꽤 아름다운 집이었다.

찾아가겠다는 것을 미리 편지로 알렸음에도, 문턱을 넘을 때에는 적지 않게 가슴이 설레었다.

하녀의 안내로 응접실로 올라가 있자, 얼마 뒤 쥘리에트가 들어왔다.

마치 플랑티에 이모를 다시 보는 듯했다. 걸음걸이며 몸의 맵시, 그리고 숨 가쁜 친절까지도 똑같았다.

그녀는 나의 대답도 기다리지 않고서 곧장 내가 지내 온 일, 나의 교제 관계 등에 관한 질문을 퍼부어 댔다.

프랑스 남부에는 무슨 일로 왔는지, 에두아르가 나를 보면 무척 기뻐할 텐데 에그비브에는 가 보지 않을 작정이냐느니……

그러고 나서 그녀는 모든 것에 관한 소식을 나에게 전하는 것이었다.

자기 남편, 자기 아이들, 자기 동생, 지난번의 추수 그리고 불경기 등에 관해서 이야기하는 것이었다.

나는 로베르가 퐁그즈마르의 집을 팔고 에그비브에 와서 살고 있다는 것을 알았다.

로베르는 현재 에두아르와 동업을 하면서, 묘목을 개량하는 일을 하고 농장의 계획을 확장하고 있다고 했다. 그래서 에두아르는 여행도 자유롭게 하면서 사업에 전념할 수 있다고 했다.

나는 쥘리에트의 이야기를 들으면서도, 나는 과거를 회상시켜 줄 어떤 것이 있지 않을까 하고 불안한 마음으로 주위를 살폈다.

응접실의 새로운 가구들 사이에서 퐁그즈마르 집에 있던 몇몇 가구들을 나는 쉽사리 알아보았다.

그러나 내 안에서 심한 떨림을 일으키고 있는 그 과거를 이제 쥘리에트가 모르고 있었거나, 아니면 일부러 거기에 정신을 쓰지 않으려고 애쓰고 있었는지도 모른다.

열두서너 살짜리의 사내아이 둘이 층계에서 놀고 있었다. 쥘리에트는 나에게 인사시키려고 그 아이들을 불렀다.

아이들 가운데서 맏이인 리즈는 제 아버지를 따라서 에그비브에 갔고, 열 살 먹은 사내아이는 산보에서 곧 돌아올 것이라고 했다.

쥘리에트가 알리사의 죽음을 알리면서, 해산이 가깝다고 하던 아이가 바로 그 사내아이였다. 그때 해산 뒤끝이 좋지 않아서 쥘리에트는 오랫동안 고생했다고 했다. 그리고 지난해에도 고생을 했다고 한다.

딸아이를 또 하나 낳았다. 그녀의 말을 들어보면, 쥘리에트는 다른 아이들보다 그 딸아이를 가장 귀여워하는 것 같았다.

"내 방에서 그 아이가 자고 있는데, 바로 요 옆이에요. 가 보지 않겠어요?"

쥘리에트가 말했다.

내가 따라가자 그녀가 덧붙였다.

"제롬, 감히 편지로는 부탁하지 못했지만, 이 아이의 대부(代父)가 되어 주지 않겠어요?"

"너만 좋다면 물론 그렇게 하지."

나는 좀 놀라면서 어린아이의 요람을 들여다보며 말했다.

"이 아이는 언니를 좀 닮았어요. 그렇게 보이지 않아요?"

나는 아무 대꾸도 하지 않고 쥘리에트의 손을 꼭 쥐었다.

제 어머니가 들어 올리자 그 작은 알리사가 눈을 떴다. 나는 그 아이를 내 팔에 받아 안았다.

"오빠는 참 좋은 아버지가 되었을 텐데!"

웃어 보이려고 애쓰면서 쥘리에트가 말했다.

"언제 결혼하실 거예요?"

"많은 일을 잊어버리면."

나는 쥘리에트가 낯을 붉히는 것을 보았다.

"곧 잊어버리고 싶으세요?"

"언제까지라도 잊고 싶지 않아."

"이리로 오세요."

더 어두운 작은 방을 향해 나를 앞장서 가면서 그녀가 불쑥 말했다.

그 방의 문 하나는 쥘리에트의 방으로 나 있었고, 또 다른 문 하나는 응접실 쪽으로 나 있었다.

"시간이 있을 때면 제가 숨어들어 오는 곳이에요. 집 안에서 가장 조용한 방이죠. 여기 있으면 삶에서 피난해 있는 것처럼 느껴져요."

이 작은 방의 창문은 다른 방들의 창문처럼 거리의 소음 쪽으로 향해 있지 않고, 나무들이 서 있는 안뜰 쪽으로 향해 있었다.

"앉아요."

안락의자에 앉으면서 그녀가 말했다.

"내가 오빠를 잘못 알고 있지 않다면, 오빠는 알리사와의 추억에 충실하려는 거지요?"

나는 한동안 대답을 하지 않았다.

"그렇다기보다는 아마도, 알리사가 나에 대해 갖고 있던 생각에 대한 충실이겠지……. 아니, 그렇게 한다고 해서 마치 내가 무슨 장한 짓을 한다고는 생각하지 말아 줘. 나는 그렇게 하는 외에 어쩔 도리가 없으니까.

만일 내가 어떤 여자하고 결혼한다 할지라도, 나는 그 여자를 사랑하는 척할 수밖에 없을 거야."

"아!"

그녀는 별로 관심이 없다는 듯이 나에게서 얼굴을 돌리더니, 무언지 잃어버린 것이라도 찾으려는 듯이 바닥을 내려다보았다.

"그럼, 아무런 희망도 없는 사랑이 그처럼 오랫동안 마음속에 간직되리라고 믿는 거예요?"

"그렇단다, 쥘리에트."

"일상의 나날이 계속된다 해도 그 사랑은 꺼지지 않는다는 건가요?"

저녁 어스름이 잿빛 조수같이 방 안으로 밀려들어 왔다. 어둠에 잠겨 드는 물건들은 그 어둠으로 하여 되살아나 자기 과거를 나직한 목소리로 들려주는 듯했다.

쥘리에트가 그 모든 가구들을 다 옮겨와 알리사의 방을 다시 보는 것 같았다.

쥘리에트는 다시 내게로 얼굴을 돌렸으나, 이제는 그녀의 윤곽도 잘 분간할 수가 없어서 쥘리에트가 눈을 감고 있었는지 어쩐지도 알 수 없었다.

쥘리에트는 몹시 아름답게 보였다.

그리고 우리는 한참을 아무 말 없이 앉아 있었다.

"자! 잠에서 깨어나지 않으면 안 돼요."

이윽고 그녀가 말했다.

나는 그녀가 일어서서, 한 걸음 내딛다 말고 기력이 없는 듯이 옆 의자에 쓰러지듯 주저앉는 것을 보았다. 그녀는 두 손으로 얼굴을 감쌌다. 울고 있는 것 같았다…….

하녀가 등불을 들고 들어왔다.

좁은 문

◆ 작품 소개

　　1909년에 발표된 프랑스 문학의 거장 앙드레 지드의 대표작
알리사는 사촌 동생 제롬을 진심으로 사랑하면서도 세속적인 사
랑을 눌러 버리고, 혼자 쓸쓸하게 집을 나가서 아무도 모르게 죽
는다. 알리사가 이런 행동을 한 원인을 어머니의 불륜에 대한 괴
로운 기억과 제롬을 남몰래 사랑하는 여동생에 대한 따뜻한 애
정 때문이라고 생각할 수 있으나, 진짜 원인은 그녀의 신비로운
금욕주의에 있다. 이 청교도적인 금욕주의는 지드의 청춘 시대를
강하게 지배했던 것이기도 하다. 따라서 알리사는 사촌 누나 마
들렌(후일의 지드 부인)을 모델로 한 인물이지만, 작가 자신의 분신
이기도 하다. 지드는 이 작품에서 비인간적인 자기희생의 허무함
을 신랄하게 비판했다고 할 수 있다. 이렇게 무거운 주제를 다루
었지만, 작품 전체에 줄기차게 흐르는 아름다운 서정과 정교한 심
리 묘사는 이 작품을 보기 드물게 매혹적인 작품으로 만들었다.

소설의 제목은 신약 성서 '마태복음'(7:13 ~ 7:14) 가운데 '좁은 문으로 들어가기를 힘쓰라. 멸망으로 인도하는 문은 크고 그 길이 넓어 그리로 들어가는 자가 많고, 생명으로 인도하는 문은 좁고 그 길이 협소하여 찾는 이가 적으니라.'에서 따왔다고 한다.


◆ 줄거리

어릴 때 아버지를 여읜 제롬은 여름방학 때마다 외삼촌 댁에서 지낸다. 어느 날, 제롬은 외사촌 누나인 알리사가 그녀 어머니의 불륜 때문에 슬퍼 하는 모습을 보게 되고, 그녀를 영원히 사랑하고 지켜 주기로 결심한다. 알리사의 어머니가 가출한 직후 교회에서 '좁은 문으로 들어가기를 힘쓰라.'라는 설교를 들은 제롬은 알리사에게 어울리는 상대가 되기 위해 온갖 쾌락을 이겨 내고 좁은 문으로 들어가는 고통을 감수하기로 결심한다. 한편 알리사는 제롬을 사랑하면서도, 여동생인 쥘리에트가 제롬을 사랑하는 것을 알고 제롬과 거리를 두려고 노력한다. 쥘리에트는 제롬이 알리사를 사랑하는 것을 알고는 에두아르 테시에르와 결혼해 버리고, 제롬과 알리사는 쥘리에트의 결혼을 통해 서로가 사랑하고 있음을 확인한다. 그런데도 알리사는 제롬과의 약혼을 미루려고만 하고 제롬은 그런 알리사를 보며 괴로워한다. 알리사는 신에 대한 정신적 사랑과 제롬에 대한 세속적 사랑 사이에서 고뇌하다가 결국 제롬과의 사랑을 희생하는 신앙의 좁은 길을 선택한다. 그러나 알리사는 자신이 선택한 길이 주는 고통을 이기지 못하고 병이 들어 외롭게 죽는다. 제롬은 알리사의 이런 마음을 죽은 알리사가 남긴 일기장을 통해 알게 된다.


◆ 등장인물 소개

**제롬**_ 몸이 약하고 내성적이며 학구적인 남자이다. 외사촌 누나인 알리사를 사랑하여, 그녀를 위해 덕행을 쌓으려고 노력한다. 그러나 자신과의 사랑을 신에 대한 희생물로 삼아 버린 알리사를 보며 방황하고 괴로워한다. 그러다 알리사가 죽은 뒤 알리사의 진심을 알게 되고, 그녀를 추억하며 결혼하지 않고 홀로 살아간다.

**알리사**_ 제롬의 외사촌 누나로, 성격이 조용하고 차분하다. 엄격한 종교적 계율이 몸에 밴 청교도적인 인물이어서 제롬을 사랑하면서도 제롬과의 사랑을 희생하여 종교적 믿음을 완성하려고 한다. 세상에서의 행복을 포기하고 신앙에 정진하기로 맹세하지만, 제롬에 대한 사랑을 잊지 못한 채 병이 들고 외롭게 죽음을 맞이한다.

**쥘리에트**_ 제롬의 외사촌 여동생으로, 알리사와는 달리 성격이 밝고 명랑하다. 제롬을 사랑하지만 제롬이 알리사를 사랑하는 것을 알고는 홧김에 에두아르 테시에르와 결혼해 버린다. 그러나 결혼을 하고 자신의 행복을 찾아 5남매의 어머니가 된다.

◆ **들어가기**

몇 해 전 세상을 떠난 패션 디자이너 앙드레 김을 기억하는 사람이 적지 않을 것이다. 남성 디자이너에 대한 편견 속에서도 개성 있는 디자인으로 의상 디자인계를 개척한 그는 1966년 파리에서 한국인으로는 최초로 패션쇼를 열어 관심을 끌었다. 그런데 김봉남이라는 본명을 두고 프랑스 냄새 물씬 풍기는 '앙드레 김'으로 예명을 지은 것에 대하여 언젠가 그는 앙드레 지드(1869~1951)의 《좁은 문》(1909)을 읽고 깊은 감동을 받았기 때문이라고 말한 적이 있다.

그만큼 앙드레 지드는 한국 사람들에게 매우 친근한 작가 중의 한 사람이다. 또 지드의 작품 중에서도 《좁은 문》은 중학교나 고등학교 학생이라면 반드시 읽어야 하는 필독서로 꼽힌다. 지드는 《어린 왕자》의 작가 앙트완 생텍쥐페리와 함께 한국에서 가장 인기 있는 프랑스 작가 중의 한 사람이다.

◆ **작품의 배경과 내용**

지드의 《좁은 문》은 자전적인 요소가 비교적 강한 작품이다. 지드가 열한 살이 되던 해 아버지가 사망했다는 점도 그러하고, 남달리 강한 종교적 분위기에서 자라나 그 영향을 많이 받았다는 점도 그러하다. 그러나 무엇보다도 지드는 열세 살 때 사촌인 마들렌 롱도를 사랑하였다. 마들렌을 처음 만난 지 12년 뒤 한때 청혼을 거절하기도 했던 그녀와 결혼하였다. 그러나 그는 자기 아내가 된 사촌 마들렌과는 부부생활을 하지 않았다. 지드의 이러한 자전적 요소는 이 소설 곳곳에서 그다지 어렵지 않게 찾아볼 수 있다.

지드는 1909년에 《누벨 르뷔 프랑세즈》 잡지에 《좁은 문》을 처음 발표하였다. 이 작품을 발표하기 전까지만 해도 그는 몇몇 문인에게만 인정받았을 뿐 무명작가와 거의 다를 바 없었다. 그러나 이 작품을 발표하면서 일약 프랑스 문단에서 유명하게 되었다. 작품의 길이도 그렇게 길지 않고, 주요 등장인물도 다섯 명 정도밖에는 되지 않는다. 내용에서도 청소년의 로맨스 소설 같은 분위기마저 풍긴다. 그러나 이 소설은 심오한 종교적·철학적 내용을 담고 있어 쉽게 읽을 수 있는 작품이 아니다.

《좁은 문》은 제롬이라는 일인칭 화자 '나'가 자신이 겪은 경험을 회고하면서 독자들에게 전달해 주는 형식을 취한다. 프롤로그에서 '나'는 매우 감상적인 태도로 알리사의 어머니에 대한 기억과 원망을 늘어놓고 사촌누이 알리사를 사랑하게 된 순간을 소개한다. 그리고 그 뒤 '나'(제롬), 알리사, 쥘리에트, 아벨의 엇갈린 사랑을 묘사한다. 또한 알리사가 죽은 뒤 제롬이 받게 된 그녀의 일기와 그 뒤에 일어난 일을 기록한다. 그리고 에필로그에서는 제롬과 쥘리에트가 재회하는 장면을 회고하며 끝을 맺는다.

《좁은 문》은 19세기 말엽과 20세기 초엽 프랑스 파리와 노르망디 지방의 작은 마을을 배경으로 제롬과 그의 외사촌 누이 알리사 사이의 아름답고 비극적인 사랑을 그린 작품이다. 아버지를 일찍 여의고 홀어머니와 함께 살고 있는 제롬은 두 살 위인 외사촌 누이 알리사를 사랑한다. 알리사는 제롬을 몹시 사랑하면서도 결혼에 대해서는 주저한다. 처음에는 여동생 쥘리에트가 그를 사랑한다는 이유로, 나중에는 예수 그리스도가 말하는 '좁은 문'을 통해 천국에 들어가기 위하여 현실적인 사랑을 거부한다. 그래서 알리사는 오랜 세월 동안 제롬과 쌓아 왔던 사랑의 추억들을 하나씩 하나씩 지워나간다.

알리사는 무엇보다도 지상의 인간적인 행복과 천상의 종교적 구원 사이에서 적잖이 갈등을 느낀다. 마침내 그녀는 현실적인 사랑과 행복을 단념하고 종교적 영혼의 세계 속으로 피신한다. 알리사는 제롬에 대한 기억을 애써 지우면서 그를 멀리한다. 제롬이 군대에 가는 등 오랜 동안 서로 헤어진 뒤 두 사람은 다시 만나지만 알리사는 끝내 제롬의 현실적인 사랑을 받아들이지 않는다. 마침내 그녀는 파리에 있는 요양원에서 사망한다. 그로부터 10년 뒤 쥘리에트는 다섯 번째 아이를 낳고 아이의 이름을 '알리사'라고 짓는다.

◆ 《좁은 문》과 종교 문학

세계 문학사에서 앙드레 지드의 《좁은 문》처럼 그렇게 종교적 분위기가 짙게 풍기는 작품도 아마 찾아보기 쉽지 않을 것이다. 새삼스럽게 말할 필요도 없이 '좁은 문'이라는 이 소설의 제목은 신약성서에서 따온 구절이다. '좁은 문으로 들어가라. 멸망으로 인도하는 문은 크고 그 길이 넓어 그리로 들어가는 자가 많고, 생명으로 인도하는 문은 좁고 길이 협착하여 찾는 이가 적음이니라'(《마태복음》 7장 13절)라는 문장이 바로 그것이다.

어느 날 알리사는 교회에서 목사로부터 '좁은 문'에 관한 설교를 깊은 감명을 받는다. 작품의 제목뿐이 아니고 작품 곳곳에서도 기독교의 영향을 쉽게 엿볼 수 있다. 가령 '숨은 문'

에 관한 구절은 소설에서 사건의 발단이 되기도 하다. 지드는 비단《좁은 문》만이 아니라 다른 작품에서도 성서에서 즐겨 제목을 따왔다. 가령《지상의 양식》이나《한 알의 밀이 죽지 않으면》같은 작품이 좋은 예다.

지드는《좁은 문》에 대하여 개신교 신비주의를 고발하는 작품이라고 밝힌 적이 있다. 알리사라는 인물을 자신이 지극히 사랑하는 마음으로 그렸을 뿐더러 그녀의 행동에 대해서는 완전히 중립적인 입장을 유지했다고 털어놓기도 하였다. 지드에 따르면 이 작품을 살아 있게 하는 원동력은 다름 아닌 순수한 종교적 감동이었다는 것이다.

더구나 기독교적 세계관은《좁은 문》의 주제에서도 잘 드러난다. 어찌 보면 문학가로서의 지드의 삶 전체가 기독교적 세계관과는 떼려야 뗄 수 없을 만큼 깊이 연관되어 있다. 지드는 1946년에 출간한 희곡《테제》에서 한 작중인물의 입을 빌려 '나는 지상의 좋은 것을 모두 맛보았다. 내 다음 세대가 내 덕분에 사람들이 좀 더 행복하고 좀 더 훌륭하고 좀 더 자유롭게 된다는 것을 생각하면 내 마음은 아늑해진다. 미래의 인류 복지를 위해 나는 내 일을 하였다. 이제 나는 내 생애를 다했다.'라고 말한다.

◆ **작품의 중심 주제**

《좁은 문》의 중심 주제라면 역시 세속적 사랑과 종교적 사랑 사이의 긴장과 갈등을 빼놓을 수 없다. 두말할 나위 없이 제롬은 세속적 사랑을 상징하는 인물인 반면, 알리사는 종교적 사랑을 상징하는 인물이다. 다시 말해서 제롬이 질퍽한 대지에 굳건히 발을 딛고 있다면, 알리사는 고개를 쳐들고 천상의 별을 쫓는다. 이 소설의 한 장면에서 알리사에 대한 사랑에 절망하는 제롬은 "아! 한때 내 것이었던 그 행복을 돌려줘. 난 그 행복 없이는 살 수 없어. 평생 기다릴 수 있을 만큼 너를 사랑해. 하지만 네가 나에 대한 사랑을 멈춘다거나, 내 사랑을 의심한다는 생각이 들 때는 나로서도 견디기 힘들어."라고 부르짖는다.

한편 알리사는 "하느님이 아닌 것은 그 어떤 것도 나의 기대를 채워줄 수 없다."라고 잘라 말한다. 또 그녀는 하느님에게 "저를 사랑하는 것보다 훌륭한 일을 위해 태어난 그가 아닙니까? 그가 저로 말미암아 걸음을 멈추게 되는데도 제가 계속 그를 사랑할 수 있겠습니까?"라고 묻는다. 알리사는 제롬이 상징하는 지상의 사랑보다는 하느님이 상징하는 천상의 사랑을 하기로 다짐한다. 다시 말해서 알리사는 '좁은 문', 즉 '생명으로 인도하는 길'을 선택한다. 내세에 준비된 좀 더 큰 행복을 위해 그녀는 현세에 보장된 작은 행복을 기꺼이 버린다.

그렇다면 작가 지드는 이렇게 서로 상반되는 이 두 사랑 중에서 과연 어느 쪽에 손을 들어줄까? 그는 극단적으로 대립되는 이 두 사랑 중 어느 한쪽을 택한다기보다는 두 태도 모두에서 한계를 발견하고 그 사이 어디에서 답을 찾으려고 한다. 지드에게는 제롬이 보여 주는 세속적 사랑과 무조건적인 자기희생도, 알리사가 보여 주는 천상의 사랑과 지나친 종교적 믿음도 그렇게 바람직하지 않다. 한편으로는 세속적 사랑이나 무조건적인 자기희생이 얼마나 부질없고 허무한지 고발하고, 다른 한편으로는 종교적 계율 때문에 비롯하는 위선과 비극을 비판한다. 1952년 로마 교황청에서는《좁은 문》을 포함한 앙드레 지드의 모든 작품을 금서로 지정하였다. 아마 작가가 종교적 가치를 절대적으로 신봉하지 않고 유보적인 입장을 취했기 때문일 것이다.

이렇듯 지드의《좁은 문》을 꿰뚫는 주제는 기독교 이원론적 세계관과 그와 관련된 도덕과 윤리적 문제다. 프랑스 문학사에서 거의 유일하게 개신교도, 그것도 가장 엄격하고 철저하기로 이름난 청교도였던 그에게는 영혼과 육체, 이성과 본능, 선과 악 등의 구분은 공기를 들이마시는 것처럼 자연스러웠다. 그러나 지드는 인간의 모든 문제를 작둣날 위에 올려놓고 두 쪽으로 나누는 기독교적 이원론에 회의를 품었다. 이러한 이분법적 가치관은 인간의 자연스러운 감정과 창조 정신을 억압하기 때문이다.

그러나 지드는 중간적 입장을 취하되 아무래도 알리사 쪽보다는 제롬 쪽으로 저울이 조금 기우는 듯하다. 그것은 지드가 제롬은 살려두고 알리사를 죽게 만든 데에서도 엿볼 수 있다. 종교적이고 성스러운 사랑의 승화와 현실적 사랑 사이에서 번민하고 갈등하는 알리사는 결국 정신적 피로 때문에 병에 걸리고 마침내 죽음에 이르게 된다. 그녀가 마지막 임종의 순간에 "정말로 종교적 성취가 지상의 사랑을 희생할 만큼 가치 있는 일이 있었을까?"라고 의문을 품는다는 사실을 주목해 볼 필요가 있다. 그녀는 그토록 신봉하던 종교가 사랑을 희생할 만큼 큰 값어치가 있는지 확신하지 못한 채 눈을 감을 수밖에 없었던 것이다.


◆ 작가 소개

앙드레 지드는 1869년 파리에서 법학 교수의 아들로 태어났다. 그러나 아버지가 일찍 사망하고 난 뒤 어머니의 엄격하고 철저한 청교도 가르침을 받으며 자랐다. 몸이 허약하고 예민한 지드는 정규 학교 교육을 싫어 하여 학교를 중퇴하고 독학으로 문학 수업을 하였다. 그는 일찍이 아르투르 쇼펜하우어, 르네 데카르트, 프리드리히 니체 등에게서 영향을 받았다. 또한 로마 가톨릭과 개신교의 영향을 많이 받기도 하였다.

지드는 열아홉 살 때부터 창작을 시작하여 1891년 처녀작인 《앙드레 왈테르의 수기》를 발표하면서 문단에 데뷔하였다. 아프리카 콩고에 다녀온 뒤로 자연과 인간의 본성에 관한 깊은 성찰을 담은 작품들을 썼다. 지드는 문예지 《누벨 르뷔 프랑세즈》를 창간하여 상업주의에 물든 당시의 프랑스 문학계에 새로운 기풍을 불어넣음으로써 20세기 문학에 크게 이바지하였다.

지드의 대표작으로는 《좁은 문》 말고도 《팔뤼드》, 《지상의 양식》, 《배덕자》, 《이자벨》, 《교황청의 지하도》, 《전원 교향악》, 《한 알의 밀이 죽지 않으면》 등이 있다. 또한 콩고와 소련 기행문 외에 《도스토옙스키론》 등의 평론집도 출간하였다. 1947년에 영국의 옥스퍼드 대학교로부터 명예 박사학위를 받았고, 같은 해 12월에는 작가에게 주는 최고 영예인 노벨 문학상을 받았다. 지드는 지병인 폐결핵을 치료하기 위해 스위스, 남프랑스, 이탈리아 등지를 전전했지만 끝내 별다른 효과를 거두지 못하고 1951년 여든두 살의 나이로 삶을 마감하였다.